KB060954

오늘도
나 하나 먹여 살리기 힘든
어른이들에게

글·그림 김재호

위즈덤하우스

아침

당신의
오늘 아침은
어땠나요?

contents

1장

9AM ~ 6PM

**오늘도
직장인은
먹이를 찾아
출근길에
나섭니다**

2장

6PM ~ 11PM

오늘 하루
고생한 나에게
양념치킨
사줍니다

3장

11PM ~

**어제가
오늘 같고,
오늘이
어제 같다면**

1장

9AM ~ 6PM

오늘도 직장인은
먹이를 찾아
출근길에
나섭니다

#일 #커리어 #어른 #직장인 공감

눈치도 없지

시간이는
평일에는
걷다 못해
기어가는
듯하더니만

주말만되면
뭐가 그리
신났는지
뛰어댕긴다
눈치없는새끼.

세상에 당부하건대

커피도 도장 10개 찍으면
한잔 더준다. 내가 이렇게
매일 열심히 사는데
나중에 뭐 안주기만 해봐라
세상 人 ㄲ

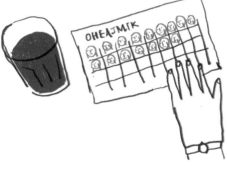

우리 다 매일이 그러하듯 나 역시 삶이 주는 밥에 값을 치루려
열심히 일하고 두 발로 지구를 굴리고 있다.

내가 이렇게 열심히 세상을 산다.
커피 쿠폰처럼 열흘마다 좋은 일 하나 던져 달라고는 안 할게.

언젠가 꼭.
"아 열심히 살았더니 세상이가 나한테 값진 선물 하나 주었구나…"
할 수 있는 그 무엇 하나 꼭 내어 주길 바라 본다.

쫍 쫍 쫍

도리토스 과자.
그것을 손가락으로 집어 먹다 보면
어쩌다 한두 개 양념 가루 잔뜩 발린 것이 있다.
별거 아닌데 그 한두 개가 그렇게 반갑다 나는.

그 짭쪼름함이란.
그래서 말인데,
지난주가, 그저께가, 어제가, 오늘이 그냥 도리토스였다면,
내일은 양념 잔뜩 발린 도리토스 같았음 좋겠다.

너를 집다보면 어쩌다
한두개 양념가루 잔뜩
묻은게 있다. 별거 아닌데
그게 그렇게 반갑다
그 짭짜름함이란 ㅋㅋㅋ

그래서 말인데, 우리
지난주가, 그저께가, 어제가
오늘이 그냥 도리토스였다면,
내일은 양념 많이 묻은
도리토스 였음 좋겠어

고요함 전 폭풍

머릿속이 그렇다.
요란하고 시끄럽다.
먼지도 폴폴 날린다.
집과 집 사이, 건물과 건물 사이 공사터 같다.

드르륵 드르륵
다 시끄럽고 나면
머릿속 귀퉁이에
작은 카페라도 하나 세워지려나.

이제 좀 조용히
가서 커피 한 잔 하며
나랑 나랑 이야기 나눌 수 있으려나.

예쁜 어른이

너무 어릴 때라 도무지 기억이 나지 않는다.
보자… 아마도 그때가 두 살이 채 되기 전이었겠지?

눈웃음만 지어도 너무 사랑스러웠다고 한다. 브아브아라는 옹알이만 했
을 뿐인데 엄마라고 했다고, 분명히 들었다고 너무 기뻐했고, 엎드려 있
는 게 답답해 살짝 몸을 뒤집어 바로 돌아누운 것일 뿐인데 뒤집기를 했
다며 여기저기 전화를 하셨다고 한다.
졸려서 잠을 잔 것뿐인데도 말 잘 듣고 순하다는 칭찬 일색이었고, 하루
에 몇 번이나 앉은 자리에서 응가를 해도 우리 아가 건강하다며 콧노래
를 흥얼거리셨다고 한다.

그저 잔뜩 예쁨받았다.

도무지 기억이 나진 않지만, 지금도 그렇게 예쁨받고 싶다. 그냥.

가끔 이어
다시 타고 싶을 때
나도 누가 좀
밀어 줬음 좋겠다

거짓말 장인

볕이 좋아서 카메라를 들고 나갔다
어느 꼬마와 놀고 있는 강아지가 예뻐서
요래 요래 초점을 맞추는데 꼬마가
"왜 저 찍어요?"
"어? 어… 너 너무 예쁘게 생겨서"
"진짜요? 저 예뻐요?"

무지 좋아하더라
다행이다. 거짓말이 늘었지만 괜찮음

거실로 나오니 볕이 창을 통해 넘어와 벽에 걸려 있었다.
이런 날 집에만 있을 수 없지.

카메라를 챙겨 어깨에 걸고 문을 나섰다.
집 앞 신작로를 지나 놀이터를 지날 무렵 한 꼬마와 새하얀 색의 강아지
가 뛰어나왔다. 온통 하얀 털이 고왔던 강아지는 눈과 코만 까만색이어
서 흡사 흰색 도화지에 점 세 개 콕콕 찍어 놓은, 작은 액자 안의 유화처
럼 예뻤다.
두 해 전 무지개다리를 건넌 우리 집 금숙이와 너무나 닮아 있기도 했다.
카메라에 담고 싶었다.

쪼그리고 앉아 초점을 이렇게 저렇게 잡고 있는데 뷰파인더 안의 꼬마
가 물었다.

"형, 저 왜 찍어요?"
"어? 어… 네가 너무 예쁘게 생겨서. 형이 사진 한 장만 찍어도 될까?"

일전에 독일에서, 시쳇말로 간지가 뿜뿜인 사내를 찍다가 곤욕을 치른
적이 있어 이제는 사람을 찍을 때 조금 간이 오그라들긴 한다.
특히나 "나를 왜 찍나?"의 질문이 돌아올 때.
무튼, 강아지가 예뻐서라는 말을 하지 못했다.
꼬마가 너무 예뻐서라고 둘러댔다.

"진짜요? 진짜요? 저 예뻐요?"
라며 이런 저런 표정을 장난스럽게 지어 보였다.
그리도 좋았니? 생글생글 어금니가 보일 정도로 웃어 주었다.
아이와 강아지를 한 프레임에 담았다.

그 아이는 오늘 만나는 모든 이에게 자랑을 늘어놓겠지.
나는 거짓말이 늘었지만. 그래도 괜찮다. 나 오늘 잘했어.

미풍

나는 딱 선풍기 1단 같은 사람이 되고 싶다.

있는 듯 없는 듯. 딱 기분 좋게, 선선하게 바람을 내어주다

없으면 괜히 몹시 허전한 딱 선풍기 1단 같은 사람.

자빠져 봐야 덜 아프게 자빠지는 법을 안다

생각해 보면 개인적인 실패의 기억이 별로 없다.
하고자 되고자 원했던 일은 대부분 이뤄 냈고 자랑삼아 우쭐거리며 성
공담을 이야기하고 다녔던 나다.

하지만 조금만 더 내 머릿속으로 파고들어 기억을 되짚어 보면 실패가
두려워 시도조차 하지 않았던 일이 더 많다. 넘어져 멍이 들기도 전에 난
그 멍이 두렵고 넘어진 나를 보는 사람들의 시선을 미리 꺼렸기 때문이
리라.

타석에 올라서서 열 번의 안타를 치기 위해 내가 빠삭하게 알고 있는 투수의 익숙한 구질만 노려서, 칠 수 있는 공만 딱 딱 쳐냈던 내가 보인다.
도전보다는 익숙함과 더 가깝게 지내려 했던 내가 부끄럽다.
이 글을 쓰다 보니 몇몇 기억들이 떠올라 귓불까지 벌게진다.

매사에 신중해 돌다리를 톡— 톡— 두드려 보는 습관은 바람직하다.
아무리 밀어도 살짝 기우뚱할 뿐 그 자리를 지키는 흔들바위 같은 돌다리가 아니었을까?

괜찮다, 괜찮다
자빠질 수도 있고 멍도 들 수 있다
빠나나도 약간 멍든 게
잘 익은 거라매

나는 이제야 멍들고 까져도 괜찮다는 약간의 모험심을 소년이라는 딱지를 뗀지 한참이 지나서야 가지게 되었다.

"어떡⋯하지⋯?"보다 "뭐 어때"라는 말을 호기롭게 내뱉고자 제법 대인배의 마음가짐을 가지려 한다.

홈런 대여섯 개를 치기 위해 일고여덟 번을 스윙하는 효율적인 타자가 있다. 홈런 대여섯 개를 치기 위해 백 번이 넘는 헛스윙을 휘두르는 마이너리그 타자도 있다.

어쨌든 담장을 넘긴 홈런의 개수는 같다.

원리를 찾는 원리란 없다

집중력향상에 좋다고 너를 그렇게 찾았었는데
요즘엔 '원리'를 찾는 데 열중이야. 연애의 원리, 직장생활의 원리,
성공하는 원리 뭐 이런거? :-)

집중력 향상에 좋다고 너를 그렇게 찾았는데
난 요즘 원리만 찾아.

연애의 원리, 직장생활의 원리, 성공하는 원리, 주식투자의 원리….

다른 건 뭐냐면,
월리는 찾으면 보였어.
그런데 그 원리라는 건 당췌 못 찾겠어.

어른의 애정결핍

흔들리는 버스 안. 이제 겨우 갓 돌이 지났을 법한 아이를 품에 안고는 연신 볼에 입을 맞추는 엄마가 곁에 섰다.

아이의 동그란 눈을 마주 보며 끊임없이 웃어 준다.

아니 웃어 준 것이 아니라 절로 웃음이 지어진 얼굴이다.

얼마나 좋을까, 얼마나 사랑스러울까. 그랬다. 아이는 사랑한다는 말을 알아들을 수는 없을 테지만 엄마는 눈빛과 아이를 품에 안은 그 온기로 온몸을 다해 아이에게 사랑한다고 전하고 있었다.

흔히들 연애를 시작하거나 사랑하는 사이를 일컬어 핑크빛, 분홍분홍하다, 이렇게 표현을 한다.

그래 어떤 의미로 그런 표현을 하는지는 알 것 같지만 실제로 그들이 분홍색 핑크색은 아니잖아?

그런데, 내 옆에 서 있던 그 두 사람의 주변에는 정말로 핑크색 아우라가 마구 뿜어져 나오고 있었다.

사랑을 듬뿍 받고 자라는 아이는 사랑받은 티가 난다
사랑을 듬뿍 주는 어른도 그런 티가 난다
사랑받고 있는 어른도 딱 보면 티가 난다
아이도 어른도 좋아 보이면 가서 두 번 톡톡 두드려 줄거다
두 번 톡톡 하면 빨갛게 하트를 띄운다

나 사랑받고 싶다.

다소 철없는 말처럼 들리기도 하겠지만, 사랑받고 싶다.

저 아이만큼. 내 사랑하는 이가 나를 쉬지 않고 안아 줬으면 좋겠고, 초
승달 같은 눈웃음을 지으며 내 눈을 계속 바라봐 주었으면 좋겠다. 나도
생글생글 잘 웃어 줄 수 있는데.

어른이 되었다고 해서 아이처럼 사랑을 갈구하는 것을 어른스럽지 못하
다는 이 지구의 잣대는 난 별로다. 정신과 육체의 성숙과 성장 정도와는
아무런 상관이 없다.

사랑을 원하는 것은.

되려 어른이 되어 갈수록 정작 필요한 건 사랑이다.

지고 또 뜨는 삶

"지는 게 이기는 거야"라던 어머니 말씀이 생각이 났다.

어려서부터 아버지가 안 계셨던 나는 늘 져주는 것 말고는 도리가 없었다.

아이들은 치고받으면서 큰다지만 난 치지 못하면서 자랐다. 치기 어린 학창 시절 친구들 간의 크고 작은 몸 다툼의 끝은 교무실에서 머리 조아린 부모님의 뒷모습이기 마련인데 난 정말로 그럴 수 있는 상황이 아니었기 때문이다. 어떡해서든 하나 있는 아들 옳게 키워 보겠다며 밤낮을 서서 일하시는 어머니를 학교까지 모시고 와 교무실에까지 세울 순 없었다.

충분히 이길 수 있는 싸움였을지라도 미안하다고 했고, 애초에 그런 다툼이 생기지 않도록 피해 다녔다(지금 생각이 났는데 중학교 때 일진 녀석에게 발로 차이고도 그냥 참았던 건 너무 분하네).

좀 져주면서
살아 해도
매일 진다
그래도
어슴푸레 하다가
곧 또 밝게 뜨잖나
해가 안 지겠다고
바득바득 버텨봤자
밝아서 잠 못 이루고 피곤한 건
너나 나다

그런 까닭에 난 늘 웃었다. 그렇게 웃는 낯이 되었고 지금은 가만있어
도 웃는 상이라 사람들은 내가 참 좋단다.

나 지금은 제법 잘 살고 있다.
돈이 많아 큰소리치며 사는 게 아니라 그저 사이좋게 '잘' 살고 있다.
장담하건대, 아마 그때 내게 싸움을 걸던 놈보다는 내가 훨씬 잘 살고
있을 것 같다.

명언이 하나 생각나네. 마지막에 웃는 자가 승자라는.

저 주고 살았더니, 난 지금 내 나름대로 이긴 삶을 살고 있다.

우리, 길게 보자

내일, 모레, 다음 주의 일정은 달력에 빼곡하지만 계획은 세우지 않는다.
"10년 후에 괜찮은 곳에 집을 살 거고, 60세가 넘어 은퇴를 하면 다 커서
알아서들 살고 있을 애들은 두고 부인과 함께 여행이나 다니며 유유자
적 살아야지."
굳이 한 번 더 삶의 계획을 여쭤보신다면 이 정도?

길게 본다. 나는.
누가 들어도 있어 보이는 두루뭉술한 커다란 밑그림 한 장 턱하니 그려
놓고 하루하루 점을 찍어 큰 그림을 완성한다.
오늘 하루 점을 못 찍었다 해서, 어제 찍은 그 점이 초록색이어야 했는데
파란색이었다고 해서 조급해하지 않는다.
코앞에서 보는 그 점은 다소 거슬리지만 조금 멀찍이 보면 알아채기도
힘들 테니.

길게 그리고 멀리 본다 나는.
내가 그려 놓은 훗날이라는 큰 그림을 오늘이라는 점을 찍으며 완성해
가며 말이다.

별일 없음의 행복

어제도 그제 같았다.
오늘 아침에 일어나선
"오늘은 좀 다르겠지?" 하는데 별반 다르지 않다.

별일도 없는 것이 좀 무료한가도 싶지만
내 어머니는 나에게 어제도 오늘도
별일이 없음에 그렇게 감사해하신다.

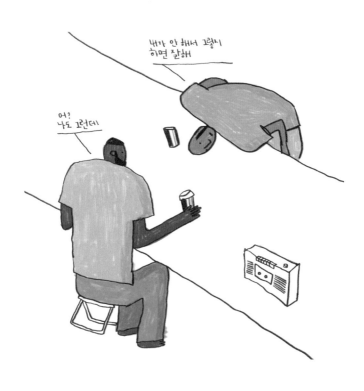

해 보지도 않고 말이야

"되면 한다"와
"하면 된다".

문장의 순서만 바꾼 듯한데 속에 담은 의지치가 하늘과 땅 차이다.
우리는 참… 되면 하는 사람들이 많다. 나도 아니었다고는 못 하겠다.

"아… 이거 될까?"
"이거 좀 안 될 것 같지 않아?"

'되면 한다'는 '안 되면 안 한다'고,
'하면 된다'는 '안 하면 안 된다'다.
그러니까. 하면, 된다.

지금 잠이 오는가? 네, 옵니다

꿈을 꾸기 위해서는 잠을 자야 하지만
꿈을 이루기 위해 잠을 얼마나 줄였는가.

하기사… 난 20대 시절 "굳이 잠 따위 좀 안 자면, 덜 자면 어때"라고 생각했다.
나는 나한테 허락이나 받고 이런 가혹한 노동을 나에게 시켰던 걸까?
과연 내 꿈이 뭐길래? 꿈이 무언지나 알고 이루려고 노력했을까?

내 꿈은 멀리는 영화배우고, 조금 더 가시적인 것으로는 "좋은 아빠"다. 현재도. 대관절 영화배우와 좋은 아빠가 되는 것에 잠을 안 자는 것이 무슨 상관이었을까? 좋은 아빠가 되기 위해 아이가 해 달라는 것을 다 해 줄 수 있는 능력이 있어야 하고, 현대에 이르러 그 능력이라 함은 곧 경제력이기 때문에?
짜증이 난다. 너무 틀린 말이 아니라서….

젠장… 꿈을 조금만 바꿔 볼까? 다른 꿈을 꿔 볼까?
좋은 아빠에서, 좋은 사람 정도로? 좋은 사람의 척도가 얼마나 많은 돈을 가졌느냐는 아니니.

좋은 꿈을 꾸기에 좋은 세상은 아닌 것 같다.
이룰 수 있는 것이기에 꿈이다. 이룰 수 없는 그저 막연한 것이라면 상상
만으로도 충분하다. 잠시 시간을 갖고 글을 이어 쓸까 한다.

나랑 이야기 좀 해 보고. 이젠 나한테 허락을 받아야겠어.
나 지금 이대로 괜찮은지. 조금 더 빡세야 하는지. 그래도 되는지.

밥을 짓는다

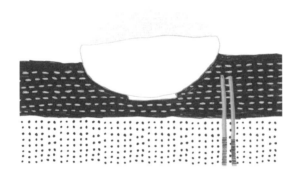

밥을 짓는다
밥을 한다라는 말보다 좋다
고슬고슬. 더 공들인 듯 느껴진다
일요일. 이 한 그릇이
나를 잘 지어 줄 것 같다.

그랬더라면

그때 난 갤럭시 스마트폰 광고 촬영을 위해 파리에 있었다.
12월이었고, 주위에선 다들 부러워했다.
사실 난 너무 바쁜 일상에 적잖이 지쳐 있던 터라 해외 출장이 딱히 반갑
진 않았다. 한편으론 팀장님과 내가 없는, 그러니까 회사 생활의 짤막한
'방학'을 보낼 팀원 친구들이 살짝 부럽기까지 했다.

12월, 이미 파리는 크리스마스 분위기로 가득 차 있었다. 곳곳에 빨강
코스튬의 산타들이 아이들을 무릎에 앉혀 놓곤 알아들을 수 없는 불어
를 주고받으며 대화하고 있었고, 거리엔 낭만의 도시 파리답게 수많은
연인들이 입술을 맞대고 사랑의 언어를 주고받는 듯했다.
무슨 말인가 궁금했지만, 역시나 불어라 도통 알아들을 순 없었다.

낭만과 성탄의 설렘을 느낄 새도 없이 촬영과 준비로 파리를 느껴보지
도 못한 채 하루하루를 보내던 출장의 중반쯤 되던 밤.

한국 밥이 사무치게 그리워졌다. 한국에선 오전 이른 시간에 가야 맛볼
수 있다는 크루아상집을 찾아다니며 빵덕질을 해댔는데 파리에 오니 지
천에 크루아상이고 커피며 파스타인지라 위가 너무 버터버터해져 있던
차였다.

보자… 라면이 어디 있을 텐데.

캐리어를 열어 보니 현주가 챙겨 준 라면들이 김칫빛 후광을 뿜뿜하며
가방 한편에 자리 잡고 있었다. 지저쓰.

부피를 많이 차지할까 봐 용기와 내용물을 분리해서 면은 면대로, 스프
는 스프대로, 용기는 용기대로 자기 자리를 잡고 있는 라면들을 보고 있
자니 갑자기 현주가 너무 보고 싶어졌다.

분명히 출장 전날 현주도 야근하고 집에 늦게 왔는데… .

이것들을 또 하나하나 포장해 놓고 잠이 들었나 보다.

뜨거운 물을 붓고는 3분도 못 기다렸다. 3분이 무어란 말인가.

라면과 젓가락을 챙겨선 호텔방 발코니로 들고 나가 테이블에 앉아선 새벽 찬 공기를 맞으며 오들오들 떨며 한 젓가락 입에 넣었다. 이건 뭐 파리지앵도 아닌 희안한 꼴로 말이다.

하… 이제야 내가 파리에 있구나, 좀 느껴진다. 조금의 여유도 없이 그 먼 곳에서도 회사를 위한 시간만 보내다 딱 지금, 나는 파리에서 내 시간을 보내고 있지 않은가?

찬 공기에서도 뭔가 파리향이 나는 듯. 하하하.

라면. 참 맛있었다.

그때, 현주와 같이였더라면. 더 좋았을 텐데.

말이 되니?
PARIS에 와서 먹은
음식 중에 네가 제일
맛있었다는 게...
그래도, 말이다,
최고로 먹고 싶은 라면은,
"너랑같이왔더라면"
이다.
;-)

디자인어(語)

분명히 손을 잡고 싶어하는
눈치였는데 안잡아주길래
넌 왜 그러냐고 물었더니,
손에 땀이 많아서,
부끄러워서라고 바보 같이
말하는 바보손을 덥석
잡고는 나는 꽃이니까
시들지는 않겠네라고
해 줬다

말도 디자인을 할 수 있다.
'디자인'이라는 것은 딱히 디자이너만이 할 수 있는 일이 아니다.

보는 이로 하여금 예뻐 '보이는 것'을 만드는 행위가 디자인이라면
듣는 이로 하여금 듣기 좋은 '말'을 하는 것도 일종의 디자인인 것이다.

어여쁜 말을 하고 싶다.

뻔한 엽서

POST CARD

Congratulation
😊 😎
MISS YOU HAPPY BIRTHDAY
LOVE YOU
Coming home!
HOPE TO SEE YOU

TO.
2리 ITAEWON-RO
CHEGIL WORLDWIDE 14F SEOUL KOREA
KIM TAEHO TED

봉투도 없이 빨가벗고 날라오는 너는
한번도 슬픈소식이 적혀있던 적이 없었다
"축하해, 보고싶어, 생일축하해, 곧갈게, 사랑해"
뜬금없이, 손으로 갈겨쓴 엽서한장이 받고싶군.

대략 손바닥만 한 그 종이 한 장에는
많은 소식을 전하기에는 연필이 걸어 다닐 자리가 너무 부족하다.
그러니 각설하고 딱 하고 싶은 말만 써넣을 수밖에.
게다가 봉투도 없어 집배원 아저씨가 슥 읽고는 키득키득하거나
딱하다며 혀를 찰 내용들은 감히 적지도 못한다.

그래서겠지. 엽서란 아이는 단도직입적이고 함축적이고 긍정적이다.
잘 살고 있죠? 그러면 세금 내셔야죠, 라는 소식들만 꼬박꼬박인
우편함에 엽서 한 장이 딱 꽂혀 있다면 얼마나 반가울까?

안 좋은 소식일까 염려할 필요도 없어,
누가 봐도 괜찮은 좋은 소식일 테니까.
보내 줘, 모두가 볼 수 있도록 내 책상 최고의 명당 자리에 붙여 놓을게.

좋은 사람

그저 내 자랑 하나를 하자면 곁에 참 좋은 사람들이 많다.
나도 그들에게 좋은 사람이라면 더할 나위 없겠지만
적어도 나는 당장 열 손가락과 열 발가락을 꼽고도 모자랄 정도로
나에게 좋은 사람들을 떠올릴 수 있다.

사람 욕심은 내면 안 된다고 배웠다.
스스로도 그런 이야기와 그림을 그린 적이 있고.

그렇지만 유독 곁에 두고 싶은 사람들이 있다.
잠시간 만나 이야기를 나누는 것에 그치지 않고
일이 아닌 개인적인 이야기를 나누어 보고 싶은 사람들이 있다.

근래 내가 가진 고민을 털어놓았을 때
그 사람은 나에게 무슨 조언을 해 줄까?
그것이 너무 궁금한 사람들이 있다.

부디 그런 좋은 사람들이 지금 내 곁에 있는 사람들이 맞고
앞으로도 살아가며 그들을 내가 쉬이 보고 넘기지 않기를.
나도 그들에게 좋은 사람이 되어 곁에 두고 싶은 사람이기를.

딴과 다름의 간극

제게,
딴생각한다고
나무라지 마세요.

딴생각이 아니라
다른 생각 중입니다.
다르게 생각하는 중이지요.

제가,
산만하다고
나무라지 마세요.

저는 산만합니다.
꿈이 아주 산만 하지요.

딴 생각한다고
나무라지 마세요

딴생각이 아니라
다른 생각 중입니다
다르게 생각하는 중입니다

고백

얼마 전 제법 알려진 어떤 작가님과 식사 자리를 가졌다.
평소에 그분의 작업물에 적지 않은 호감을 갖고 있던 차라
무척 기대를 하며 자리에 앉았는데
어라? 뭔가 너무 낯선 느낌이 들었다.
정말 이 사람이… 내가 알던, 아니 좀 더 알고 싶어 했던 그 사람이라니.
몇 잔의 쓴 술이 테이블 위를 돌아다녔을까. 붉은 기운이 제법 얼굴 위에
오르더니 얼른 그 자리에서 일어서고 싶다는 귀소본능만이 머릿속에 가
득해졌다.

집으로 돌아오는 길에 많은 생각이 들었다.
혹시 나도 내가 그리고 썼던 그림, 글과는 완전 다른 사람이 아닐까?
위로해 주는 책을 쓴 사람이라는 겉옷을 입고
매일매일 사람들의 "좋아요"만 고파하는
그런 이가 되어 있으면 어쩌지?

솔직히 말하자면,
내가 살고 있는 삶이 내가 만들어 낸 책 안의 이야기들과
정확히 겹치는 건 아니다.
나의 현실은 힘들고 거친 날들이 많았고 그런 현실 속의 나를 스스로
위로하며 썼던 이야기들이 엮어졌던 것이니 말이다.

더욱 더 위로틱한, 착한, 입이 고운 사람이 되기로 다짐한다.
내가 그리되어 나 같은 그림과 이야기를 쓰면 될 것이 아닌가?
더 많이 웃고, 따뜻한 말을 많이 해 줘야지.
씩씩거리는 누군가가 있다면
묻지도 따지지도 않고 일단 그의 편이 되어 줘야지.

내가 좋아하는 내가 되어야지.
그리고 아주 나중에 이런 말을 할 수 있는 내가 되고 싶다.
'나는 내가 제일 좋다'라는 말.

Better.lee

좋은 사람들을 만나고 있다.
힘이 난다. 맘뚜껑 열어서 넣어 두면,
당분간은 끄떡없다 ;-)

몸에 좋은 약은 입에 쓰다고 했지만
내 몸에 좋은 사람들은 달콤한 사람들이다.

"너 생각해서 하는 말이야. 새겨들어" 후에 이어지는 말조차도 난 꿀 같
은 이야기였으면 좋겠어. 귓가에 살짝 발리면 벌이 날아드는 그런 달콤
한 말이라면 마음에 꼭 새겨둘게.
그리고 하루 지내고 내일 지내다 내가 좀 약해진다 싶을 때 떠올리고 다
시금 힘을 낼게.

나는요 하고 싶은 게 되게 많아요.
되고 싶은 나도 되게 많아요.
이렇게 해 보다 안돼서 접어 뒀다가
나중에 생각나서 다시 펼쳐 봐요.
뭐, 쉬운 일이 있나요? 잘모르겠고 시간도 없어서
그냥 또 접어요. 어라? 이번엔 좀 해 보자
싶어서 또 펼쳤다가 에잇! 하며 또
접어 버려요. 이러기를 몇 번을 반복했나 몰라요
접었다-펼쳤다-반대로 접었다 펼쳤다

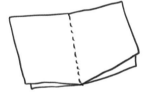

근데요, 이거 하다 보니
학도 되고 별도 되고 그래요
어디 학 만들고, 별 만든 사람이
첨부터 학 접겠다고 작정하고
접었게요? 아닐걸요?

어쩌면 나 되게 재수 없을지도 몰라

이따금 내가 누군가와 나누는 대화를 벽 뒤에 숨어 엿듣고 싶을 때가 있다. 옳은 말을 하고는 있는지. 내가 어디선가 배운 나쁜 말을 은연중에 내뱉고 있진 않은지. 상대방의 눈을 보며 말을 하고 있는지.
내가 나를 객관적으로 바라보기란 여간 어려운 일이 아니다. 거울로 비춰 보는 걸로는 부족해. 잘 꾸미고 나온 앞모습밖에 볼 수 없으니.

그래서 말인데.
유체이탈이란 거 해 보고 싶다.
이따금 내가 누군가와 나누는 대화를 벽 뒤에 숨어 엿듣고 있다가
넘치거나 모지래다 싶을 때 달려가 내 입을 틀어막고 끌고 올 참이다.

유체이탈이란 거
해보고 싶다.
그리고 네가 하는
대화를 엿듣고 싶다.

옳게 말은 하고 있는가,
재수 없게
말하고 있진
않는지...

괜찮고 부유한 오지라퍼를 꿈꿉니다

나는 계산적인 사람이다.
내가 지금 얼마큼 가졌는지, 얼마큼 내어 줄 수 있는지 계산한다.
실상 내어 줄 수 있는 것이래 봤자 조촐한 그림과 글, 기운 나는 몇 마디
말 정도겠지만.

내가 부자였으면 좋겠다.
지니고 있는 따슨 마음들을 내가 좋아하는 사람들에게 슬쩍슬쩍 내어주
고 썩 대단친 않지만 그것들에 기뻐하는 사람들을 오래 곁에 두고 볼 수
있도록.

나는 계산적이다
내가 얼마나 가졌는지
얼마나 줄 수 있는지 계산한다
내가 부자였으면 좋겠다
내가 좋아하는 사람들에게
내어주면 그 사람들은 좋아해준다
뻥치는 거 같지만, 진짜다

멋은 개뿔

사람들 앞에서 멋지게
말하는 것은 참으로
어려웠어요.

그래서 사람 뒤에서
멋대로 말하는 걸까요, 쉽게

사람들 앞에서 멋지게 말하는 것은 참으로 어려웠어요.
모두들 나를 봐요. 내가 하는 말 한마디. 말을 돕는 손짓 하나하나.
혹여 내 말의 깊이가 얕진 않을까, 개중에 어떤 이는 동의할 수 없는 말
이라 맘을 상하게 하진 않을까 겁도 나고 그래요.

그래서인가 봅니다.
사람들은 앞이 아닌 뒤에서 멋대로 말해요. 쉽게.
그렇게 멋대로 말하는 그 사람 모습은 하나도 안 멋질 텐데 말이죠.

개떡같음과 찰떡같음의 다름에 대한 고찰

나는 찰떡같이 말했는데 왜 개떡같이 알아들은 걸까?
원망 말고,

어쩌면 내가 개떡같이 말했을 수도 있다는 것을 잊지 말자.
모든 사람들이 내가 개떡같이 말해도
찰떡같이 알아서 들어주진 않는다.

그것이 당연할 정도로 내가 그들의 말을 마음을
찰떡같이 알아서 들어주었는지도
고민해 볼 문제다.

모두가 내 맘 같진 않으니 말이다.

왜
내 깊은 뜻을
몰라 줄까?

너무 깊이
넣어 뒀나 보지 뭐

다는 바라지도 않는다

광고인 박웅현 CD님은 한 방송에서 이런 말씀을 하셨다.
"15초 짜리 광고에 들어가는 음악이잖아요,
그 음악이 다 좋을 필요 없어요,
15초만 좋으면 됩니다."

내가 좋아하는 이의 모든 점에 손뼉 치지 않는다.
그의 가장 빛나는 부분이 내 눈을 부시게 한다.
나 역시도 나의 모든 점을 사랑해 주길 원하지도 않을 뿐더러
모든 사람에게 사랑받는 사람이 되어야지라는 건
내려놓은 지 오래다.

그저 내가 너무 좋아하는 너의 빛나는 부분이
오래도록 빛을 잃지 않길 바랄 뿐이고
어떤 이가 칭찬하는 나의 좋은 부분을
내가 간과하고 초심을 잃지 않길 바랄 뿐이다.

너는 바지를 두번
걷었을때 살짝보이는
복숭아뼈 언저리
딱 고만큼만
예쁘면 딱 좋다
전부다 곱고
안 예뻐도 괜찮아
사람도 그렇잖을까?
내가 이뻐하는
딱 그 부분, 고만큼 때문에
콩깍지가 씌이는거.

일이 삶

"HURRY UP"

"SHUT UP"

시간이 시키는대로
살고 있는것 같아...
그깟 시계바늘
휙 돌려버리면 그뿐인걸을.

나는 요즘 나의 직업이 너무나 밉다(나는 아트디렉터라고 적혀 있는 그럴듯한 명함을 갖고 있다).

밤 10시 혹은 11시 퇴근이면 제법 일찍이고, 새벽 별을 보며 귀가하는 일이 한 달 30일 중에 절반은 넘을 것이다. 절반이 뭐야 젠장.
어쩌다 그날의 스케줄이 캔슬되어 남들 다 퇴근하는 시간에 회사를 나서는 날엔 건물 앞 정문에 멍하니 서서 생각한다.
"뭐 하지⋯ 어디 가지⋯."

바보 같은 녀석아, 뭐 하긴! 어딜 가긴!

광고 회사 말고는 생각해 본 적도 없었다.

사계절을 추리닝 한 벌로 작업실에서 밤을 새던 대학 시절에는 광고 회사에 일단 들어가면 정말 멋드러진 꽃길이 펼쳐질 줄로만 알았다.

6시에 퇴근. 헬스장에 가서 가볍게 웨이트 트레이닝과 러닝머신. 집에 와선 한강이 보이는 오피스텔에서 기다란 3인용 검정색 소파에 앉아(영화 〈달콤한 인생〉에서 이병헌의 집에 있는 꼭 그런 소파) 레드 와인을 한잔하며 하루를 마무리할 줄 알았다.

난 보란 듯이 성공한, 숨 가쁜 서울의 광고인이 될 줄 알았다.

휴….

한창 내 일과 나는 냉전 중이다. 내 일이 너무 미워 말도 안 하고 등 돌리고 있는 중인데 누군가는 이것을 슬럼프라는 미제 말로 표현한다.

에라 모르겠다, 냅다 가방을 싸선 회사를 나섰다.

나는 다소 지쳐 집으로 향하는 길, 사람들은 나를 지나쳐 가며 오늘 저녁을 보낼 근사할 곳을 찾느라 눈과 걸음이 쉴 새 없었다.

전화가 한 통 걸려 온다. 20년 지기 고환동무다.
"지금 재범이(친구의 아이)랑 이태원 가는 길이야. 오랜만에 얼굴이라도 보자. 넌 임마 보자고 약속하면 뭐하냐, 나오지도 못하는 걸 이렇게 아니면 못 만나 기다려."

고맙다. 너무 고맙다.
그리고 내가 하는 일이 더 미워지고 내가 하고 싶던 일에게 좋아한다고 고백하고 싶은 시간이 머지 않았음이 느껴졌다.
한 10년. 일을 해 보니. 일을 좋아해선 안 된다는 결론이다.
좋아하는 일을 찾을 것. 그리고 그것이 일이 되게 두지 말 것.

내가 좋아하는 일을 지금 이 그림을 그리고 어느새 빡빡한 글을 쓰는 일이다.

꿈을 꿈꾼다

무든 막 다 꺼내주는
너처럼 되고 싶구나
이런게 가능해? 싶은것도
막 다되는 그런 사람이 되고 싶구나

아트디렉터라는 직업으로 10년 이상을 살아왔다.
디자인을 해야겠다는 마음을 먹고 곧장 걸어온 지는
17년이 살짝 넘어간다.

막상 해 보니 정말 어려운 일을 하고 싶었던 거였다.
늘 어떤 점이나 선도 지나지 않은 백지를 무언가로 채워 넣어야 했고,
클라이언트와 업무 관계자들과의 다소 많이 매우 어려운 요구 사항을
들어주어야 하는 경우도 허다했다(예를 들자면 클래식하지만 모던하게,
밝은 블랙으로, 모든 특장점을 다 넣어서 심플하게 만들어 주세요, 같은).

그때마다 나는 스스로 생각했다. 나는 '마술사'라고.

"저게 가능해?"
"어떻게 한 거지?"
"저 사람은 어떻게든 만들어 내."

이런 말을 듣는 게 좋았다.
내가 마술사가 된 것만 같았고, 다 할 수 있을 것도 같았거든.

일에서뿐만 아니라, 사람 사이에서도 그리 되고 싶었다.
나에게 좋은 이에게는 뭐든 다 해 주는 마술사가 되려 했다.
내가 좋아하는 이에게 마술사가 돼 주었을 때
그들이 놀라워하고 기뻐하는 모습을 보는 일이 참 좋았다.
그리고 지금도 좋다.

품 안에 항상 마술사 모자와 작은 지팡이 하나를 넣어 가지고 다녀야지.

불행한 피에로가 되지는 말 것

"엄마, 아들이 꼭! 호강시켜 드릴게!"
"부인아, 잘 살자, 내가 반드시 그렇게 해 볼게."

어릴 때는 어머니를 호강시켜 드리고 싶어서 좋은 직장을 얻기 위해 수많은 밤을 샜다. 고된 광고 회사 인턴 시절 내 머릿속엔 오직 "정직원＝어머니의 안도"였다.
호강…까진 아니고 어느 정도 어머니의 걱정이 덜어졌을 무렵 결혼이라는 걸 했다. 그후부터는 어머니와, 부인 그리고 부인의 가족들까지 행복한 것이 나의 목표가 되어 또 그렇게 밤을 새었다.

지칠 대로 지쳐 별을 보며 귀가하고, 모처럼의 휴일이 와도 회사 일이 아닌 개인적인 작업들로 바쁜 나날을 보냈다. 그 결과물 중에 하나가 『토닥토닥 맘조리』다.
그리고 이젠 말할 수 있다. 참 많이도 아르바이트로. 프리랜서로 디자인 작업을 했다.
사실 회사에선 개인적인 경제활동이 금지되어 있어 힘들고 피곤해도 내 색조차 할 수 없었다. 새벽에 퇴근을 하면 집에 와선 해가 뜰 때까지 다른 일을 했다. 자주.

좋아하는 일을 해라
그리고 행복해져라
그리고나서,
"행복하게 해 줄게"
라고 말해라
내가 안 행복한데,
무슨 수로
걔를 행복하게
해준단 말이냐

어느 순간 생각을 좀 해 봤는데… 뭔가 좀 아니었다. 이대로는.
내가 지켜야 할 사람들을 행복하게 해 주고자 기를 쓰고 일을 해댔지만
언제나 지쳐 있는 나로 인해 내 사람들이 그닥 행복해 보이지만은 않는
것이었다.

내가 행복해져야 한다.
내가 행복하지 않으면 그 누구도 행복하게 해 줄 수 없다.
내가 나를 아끼고 사랑하지 않는다면, 다른 이 역시 마찬가지일 테니.

난 매일 더 행복해지려고 한다.
하루에 한 번은 잠시라도 행복해지려고 한다.
나를 위해서든, 내가 지켜야 할 사람들을 위해서든 말이다.

고마워. 내 첫 책

2017년 3월. 『토닥토닥 맘조리』를 출간했다.
내가 무어라고 책이라는 것을 펴내게 되었을까. 기분이 아주 묘했다.

서가 뒤편에 서서 한참을 몰래 지켜봤다.
첫 아이가 유치원에 등원하는 모습을 뒤에서 지켜보는 마음이 이럴까?
조금 있으니 커플로 보이는 남녀가 책을 들어 읽기 시작했다.

빠른 속도로 책장을 넘기는 모습에 '비닐로 쌀 걸 그랬나…' 싶다가도
피식 웃는 모습엔 '그쵸? 재밌죠? ㅎㅎㅎ'
별별 생각을 다 하며 혼자 맘조리와 커플을 지켜보는 나였다.

하지만, 이내 책을 내려놓고는 커플들은 다른 서가로 걸음을 옮겼다.
순간 정말 바보같이 눈물이 핑 돌았다.
왜지? 별로였나? 나 정말 열심히 쓰고 그랬는데….
가까이 다가가 살짝 삐뚤게 쌓여진 책을 잘 정돈했다.
그리고 두어 번 톡톡 두드려 주었다.

서점에 다녀왔다
수많은 쟁쟁한 책들 사이에 앉아서
물끄러미 나를 보는 것 같은 내 책을 봤다
눈이 마주친 것만 같았다. 왠지 짠했다. 혼자
저 많은 책들 사이에 틈 잡고 앉아 있는 모습이.
초등학교 첫 번째 보이스카웃 야영 보내는
울 엄니 마음이 이랬을까? 으...
고생했다, 잘하고 있다. 내 첫 책. 내 새끼!!
옆에 무라카미하루키 있다고 쫄지 마
뒤에 허지웅 책 있다고 쫄지 마!!
         너 임마, 괜찮아.
         내가 조 열심히
         쓰고 그렸어.
         힘내서 좋은 사람들
         맘조리 잘해줘

회사를 다닐 때 착하게, 열심히 애쓰는 후배들에게 자주 해 주던 일종의 응원의 스킨십이었다. 유명한 작가들이 열정으로 쓰고 펴냈을 책들 사이에 비집고 자리한 맘조리가 너무 대견스럽기만 했다.

너 내가 정말 열심히 쓰고 그렸어. 내가 또 어떤 책을 쓰게 될지, 내가 무슨 다른 일을 하게 될지 모르지만 네가 처음이야.
온전히 내가 전력을 다해 만들어 낸 최초이자 최고의 작품이야.

힘내라, 내 첫 책.

시바 새끼

욕을 많이 하는 사람이 어쩌면
더 솔직한 사람일 수 있다고 한다.
글쎄… 얼마나 진짜일까?

너무 좋아 시바 새끼.
아니 새끼 시바.

나는 솔직한 사람인 것 같기도 하다.

coffee

너 되게 멋지다
아침엔 아침대로
밤에는 밤대로,
근데 무엇보다
더 쿨해 나는건
너는 뭐든 될수있는거
ESPRESSO 만으로도
좋고, 따슨물을 그것대로
우유랑은 또 우유대로,
너가 사람이었다면
얼마나 끝내 줬을까

커피를 정말 좋아한다. 커피는 정말 멋있다.

누군가와 대화를 나눌 때 그와 나 사이 한 70센티미터 정도 되는 그 사이
엔 늘 커피가 있다. 아쉽게 대화를 나눌 시간이 모자라 다음을 기약할 때
도 약속하는 것은 커피 한잔하는 일이다.

커튼 아래로 볕이 사악 스며드는 시간과도 제일 잘 어울리는 것이 뭔가
하니 커피고, 비 오는 날 창밖을 볼 때 손에 들고 있지 않으면 왠지 헛헛
한 그것도 커피다.

쓰면 쓴 대로 달면 단 대로, 뜨겁거나 차가워도 그 나름의 매력이 있고,
우유를 곁들이면 그 부드러움은 우유보다 더하다.

이 얼마나 끝내주는 액체인가?!!

닮고 싶은 게 음식이라면 좀 웃기지만, 커피 같은 사람이 되고 싶다.

누군가는 꼭 함께하고 싶어 하는 사람, 어떤 분위기에도 어울리고 맑은
날, 흐린 날 가리지 않고 그만의 매력이 있는, 나와 함께라면 그 시간이
더 부드럽고 풍요로워질 수 있는 사람.

벌써 닮은 게 하나 있다면… 피부색 정도랄까?

택시

나는 야근이 너무 잦아서 한 달의 반 이상은 택시를 타고 귀가한다. 역시나 그런 날이었다. 새벽 2시를 훌쩍 넘긴.

"손님 도착했습니다."

도로에 차가 없어 이태원에서 잠실까지는 30분이 채 안 걸리는데 그새 깜박 잠이 들었나 보다. 집 근처에 도착했을 때는 자주 가는 선술집도 문을 닫아 길가엔 노랑 가로등 불빛만이 구석구석을 비추고 있었다.

"감사합니다. 기사님 카드로 계산할게요, 영수증 안 주셔도 돼요."

나도 고생 많고, 기사님도 고생 많으셨겠지. 새벽 2시 반은 참 고생스런 시간이니. 문을 닫으며 짧게 인사를 드렸다.

"아저씨 밤길 조심하세요."

아저씨, 밤 운전 조심하세요…겠지. 나란 놈아.

재상 재, 호박 호

내 이름은 김재호다.
나는 이름이 있다.
우리 다 이름이 있어서
우리는 아무도 무명이 아니다.

무명 배우도 없고,
무명 작가도 없다.
무명 디자이너도 없고
무명 가수도 없고
무명 회사원도 없다.
무명 선배도 없고,
무명 후배도 없다.

우리는 모여서 "이다음에 유명해지면…"이라고 시작하는 대화를 나누
곤 하는데 왜 그랬을까. 나는 이름이 있는데. 유명인인데.
우리 모두 다 '이름 있는' 사람들이다.
유명인有名人이다.

MY
NAME IS
OHEAJMIK.

OH
EAJ
MIK

내 이름은
김재욱이다
나는 이름이
버젓이 있다
우리 다 이름이
있어서 우리는 아무도
무명이 아니다
무명 배우도 없고
무명작가도 없고
무명디자이너도 없다
무명가수도 없고 무명회사원
도 없다. 무명 선배도
없고 무명후배도 없다
아무것도 안 아쉽다
우리는 다 이름있는 사람들.
나한테 기분나빠리고
멸자 적어봤다. 밑도 끝도 없이

2장

6PM ~ 11PM

오늘 하루
고생한 나에게
양념치킨
사줍니다

#위로 #휴식 #사랑

퇴근길 필수품 셀프 궁디팡팡

양념통닭 한마리
시켜주면서
궁디팡팡 해주고
싶은 날이
있습니다

나한테
오냐오냐 해주고
싶은 날이 있습니다

이제는 쪼끔도
어리지 않아서
아무도 안 오냐오냐
해줍니다

홀로서기라고 했다, 어른이 된다는 건.
어른이 되면 혼자 일어서 있다···라는 거,
좀 슬프지 않나?

으에엥 울면서 달려가면 엄마가 아빠가
오냐오냐해 줬던 기억 다들 있잖아.
어른이 되면 그 기억들 다 없어져?
아니잖아, 외로울 때 있잖아?
어리광 부리고 싶을 때 있잖아?

좀 해 줘, 오냐오냐.

나 아직 어른 초급반이야.

월화수목금트오이이이일

일주일을
맛있게 즐기는 방법.

재미있는 생각이 떠올랐다,
일기예보처럼, 일기도 미리 써 두는거다
전날 밤이나, 혹은 아침에라도 써두면
그대로 되는거지,
좋은일 빼곡히 적어둘테다

지금 이 글을 읽고 계신 분의 내일을 예보해 드리겠습니다.
기분 좋은 햇살로 아침을 맞이하실 수 있겠네요.
때때로 사소한 고민 먹구름이 찾아들겠지만
따뜻한 커피 한잔하고 나면
금방 걷힐 것으로 예상됩니다.
비가 올 수도 있고 안 올 수도 있겠지만
멋스럽게 기다란 검정색 우산을 들고 나가보는 건 어떨까요?
비와 정반대로 햇볕이 강하게 내리쬘 땐
작은 그늘이 되어 줄 수도 있을 테니 말이에요.
예상하지 못했던 야근 발생으로 기분이 저기압이 되면,
퇴근 후 바로 고기 앞으로 가세요.
가볍게 맥주 한잔하시는 것도 참 좋을 것 같습니다.

지금까지 내일 예보를 말씀드렸습니다.

볕

달걀 프라이에 노른자가 너무 예쁘면 그것도 고민이다.

이 노랗고 이쁜 걸 포크로 푹 찔러 터뜨려 먹을까,
입술을 대고 쪽- 빨아 먹을까,
반으로 갈라서 휘휘 묻혀 먹을까.

오늘 볕이 노랗고 예뻐서 이것도 고민이다.
어딜 가 볼까?
무엇을 해 볼까?
좀 걸을까?
커피를 마실까?

SUNNY SIDE UP
오늘 끝내주게 노릇노릇한 해가 떴다

혹시, 지금 입니까?

어떤 되게 좋은 날은 슥슥 오려 두고 싶다.
간혹 되게 별로인 날 위에 풀 묻혀서 붙여 놓게.

일요일.
오전 10시 37분.
블라인드 사이로 쏟아지는 햇볕.
피아노 재즈가 흘러나오는 라디오.
모카포트로 끓인 따끈한 커피 한 잔.
헐렁한 티셔츠에 잠옷.
커다란 소파.

이런 것들로 이루어진 날들을.

어떤 되게 좋은 날은
숙숙 오려 두고 싶다
간혹 되게 별로인 날에
딱풀 발라서
붙여놓게

바쁘다고

주말인데 뭐 할 거냐고 물어봐서
하루 종일 음악 들으면서 집에서 뒹굴거릴 거라고 했다.
그랬더니 왜? 할 일 없어? 그런다.

여보세요, 그게 내 할 일이라니까!

우리도 다 서툴렀음을

쉬는 법, 힐링, 휴식, 여유….
이런 류의 단어가 서가와 미디어를 범람하고 있다.
그저 아무것도 안 하기만 하면 되는 이것을 얼마나 누리지 못하고 있기
에 사람들은 이리도 찾고 갈망하는 것인지 모르…겠다가도
내가 사는 꼴을 되짚어 보면 알 것도 같다.

너무 급히 돌아간다. 빨리 무언가를 쳐내야 하는 까닭에
시작하는 이들에게 배움의 시간은 사치고 조금이라도 더딜라치면
저리 비키라며 앉은 자리를 빼앗기 일쑤다.

뭐야 날 때부터 개구리였는가베? 언제부터 네 다리로 경중거리며 뛰어
다녔다고 쉬이도 그런 말을 하는 거지?
머릿속에 담아야 할 것이 많은 요즘엔 동시에 비워 냄도 많다. 일정 기간
이 지나면 오래된 메일부터 삭제되는 스마트한 어느 메일 박스처럼.

Beginner.

어쩌다가는 약간 서툴 때가 있다
너무 뭐라고 하지 말라. 사람 사는 게 그렇지 뭐
오다가 길이 좀 막혔나 보네? 하고 넘어가 주렴.

지우지 말자. 나의 새파랗던 때를.

너무 뭐라고 하지 말라. 사람 사는 게 그렇지 뭐.

등짝에 '초보'라도 붙여 놓고 살아야 할까 봐.

서툴거나 더딘 나를 봤을때, 재촉하지 않고

오다가 길이 좀 막혔나 보네? 하고 넘어가 줄 수 있게.

왜 있잖아 그런거.
돈 처럼, 시간도 대출 받는거지
여기저기서 받을수 있는대로 쫙ㅡ
대출받아 시간을!
종일 누워서 책이나 보고 음악이나 듣고
자다가 일어나서 맥주나 마시고
처녁 보다 또 자고 ㅋㅋㅋ 그런거
시간 펑펑쓰고 할 거 다 하고
살 만큼 살다가
상환 안 하고 하늘나라 가고싶다

재미있는 생각이 떠올랐다.

돈처럼, 시간도 대출받을 수 있다면?

물론 이자도 있을 거고, 무언가 담보로 잡히기도 해야겠지. 돈을 빌리는 거랑 똑같은 거야! 빌려주는 곳마다 이자도 다 다르고 대출 가능한 시간도 달라.

"아 두 달만 더 어떻게 안 될까요?"

"신용도가 좋으시네요. 최대 230일까지 대출 가능해요."

"저 마이너스 시간 통장 만들러 왔는데요."

이런 말들도 오가겠지 아마.

나는. 시간을 대출 받을 수 있다면 말이야.

받을 수 있는 만큼. 최대한. 많이 받을 거야.

그리고… 음….

아무것도 안 할 거야. 종일 누워서 책 읽고, 영화 보고, 음악 듣고

잠시 일어나 볕 쬐다가 맥주 한 병 마시고, 다시 책이나 읽고… 그럴래.

내 시간, 쉬고 싶은 시간, 아무것도 안 하고 싶은 시간이 부족해. 시간까지 빌려 놓고선 시간 생겼다고 알차고 보람되게 보내고 싶지 않아.

아무것도 안 할 수 있는 시간이 필요하다.

알고 보면

일본의 산토리 위스키 광고에 이런 카피가 있다.

"좋은 사람이라고 생각하고 마셨는데
좋은 사람이면 놀랍지 않아.

별로라고 생각했는데
좋은 사람이면 기뻐."

세상엔 자주 있는 일인가 봐.
저 사람도 같이 한잔해 보면 좋은 사람일지도 몰라.

알고 보면 좋은 사람일지도 모른다.
좋은 사람이야, 알고 보면.

우선은, 그 사람을 알고 볼 일이다.

잘찾아 보면
어딘가 한구석은 있데요
사랑할만한 구석.

뺨

HAND-PHONE

좋은 사람과 한참을 통화했다
전화기가 따뜻해졌다
따뜻한 손으로
뺨을 만져주는 것만 같았다

잘 생각해 보면
요즘 내 뺨을 어루만져 주는 사람이 누굴까?

있다면 딱 한 사람일 거다.
두 사람, 세 사람이면… 그건 좀 곤란한 거 알지?

가만히 생각해 봐. 내 뺨에 손바닥을 대고
다섯 손가락으로 볼부터 귀 부근까지 부드럽게 감싸 주는 그 손을.
그건 정말 엄청난 위로다. 말해 뭐 해?

죽어도 좋아

평소에 웃음이 많지 않던 그 친구가 요즘 들어 쉴 새 없이 재잘거리며 웃는다.
조용한 회의 시간에도 띵, 하고 울리는 메신저 알람 소리로 발표자보다 더 뜨거운 시선을 받고, 뒤통수를 긁으며 꾸벅꾸벅 사과를 했지만 이내 지잉지잉거리는 진동 소리로 또 한 번 시선을 모은다.
눈치를 한 번 줄까 싶어 슬쩍 보니 어라? 배시시 웃고 있다. 어두운 회의실이지만 휴대폰 액정 불빛에 살짝 보이는 그 친구의 귀까지 걸린 웃음이 내 기분도 조금 들뜨게 만들었다.

이 녀석… 뭔가 좋은 일이 생긴 게 분명하다.

신난단다. 너무 좋단다. 그냥 다 좋아 보인단다.
다 좋대.
안 좋은 게 없대.
너무 좋아서 너무 좋대.
진짜 좋아서 죽을 거 같대.

신나서 떠드는 말이 소리 반, 웃음 반이다.

이리 신나보이는
이 손짓이 수화로
사랑이란다
사랑이 이렇게
신나는 일이란다

너 끌리는 대로 하라

친구들이 그런다 "너네 점점 닮는다"
한참을 거울을 들여다 봐도
콧구녕 만큼도 닮은 구석이 없다
개는 꾸레나룻도 없고
나는 수염도 없는데?
그런데 나, 컵을 들고있는
새끼 손가락이 삐쭉
들려있다
내가 이랬었나?

옆을 보니 그아이가
삐쭉하게
새끼 손가락을 세우고는
커피잔을 들고
커피를 마시고 있다

누군가를 좋아하는 사랑하는 감정.
그것은 작용 반작용의 법칙을 따를까?

내가 사랑해 주는 양만큼, 내가 그 사랑을 받을 수 있는 것일까?
반대로 상대방에게 사랑을 받는 만큼 나는 그 사랑을 돌려주어야 하는
것일까?
그럴 수 있지. 암 그럴 수 있어. 하지만 나이를 좀 더 먹으니 말이야. 이
젠 조건부로 누군가를 좋아하고 호감을 가지는 게 너무 피로하게 느껴
진다.
내가 사랑을 얼마큼 주었지? 내가 사랑을 얼마큼 받았지? 이 정도면 되
지 않을까? 감정의 주고받음마저 계산을 하고 있는 건 어려워. 게다가
난 정말 산수엔 소질이 없다.

조금 어른이 되고 나니 난 사랑을 이렇게 정의했다.
사랑? 있잖아. 그건 관성이다.
누군가를 좋아하는 감정을 탕! 하고 쏘아 버리면 그 감정이라는 아이는
멈추지 않고 움직이는 거지.
감정의 구름이 계속되면서 이런 감정 저런 감정이 하나씩 더 붙어 무거

워지고 그 속도도 빨라지는, 보고 싶음이 멈추지 않고 내달리기 시작하는 거다.

그렇지만 누구도 사랑하지 않는다면 그 감정은 제자리에서 꿈쩍도 하지 않는다. 그린라이트가 들어올 때마다 줄지어 이동하는 감정의 교차로에서 미동도 않은 채 정지해 있는 나?

상상만 해도 답답하고 지루하다. 멀뚱히 서서 다른 이의 감정들이 쉬지 않고 움직이는 것만 바라보고 있는 모습이 얼마나 처연한가.

일단, 툭 건드려 움직이게 하자. 그 감정이란 아이를. 상대방을 향해도 좋고, 나를 향해서라도 좋다. 우선은 나도 좋고 너도 좋으니 어느 방향으로든 감정을 움직이자.

2011년. 지금의 부인, 그때의 여자 친구가 있는 쪽으로 얼마나 내달렸는지 문득 떠오른다.

좋은 일인데 입 좀 가벼우면 어때

제법 입이 무거운 편이다 나는. 그래서 왠지 종종 누군가의 대나무 숲이 되기도 한다. 대견해. 칭찬해. 어떤 이야기도 툭 흘리지 않은 나와, 앞으로도 흘리지 않을 나.

그런 내가 도무지 꽁꽁 숨기지 못하는 비밀은 내 안의 이야기다. 좀 더 알아듣기 쉽게 말하자면 누군가를 기쁘게 해 줄 계획을 세웠을 때인데 이때 나는 정말 새 깃털 무게만도 못한 입으로 돌변해 버린다. 군이 털어놓지 않더라도 있는 힘껏 티를 내 버리기 일쑤다.

지금 생각해도 모지리 같은 기억 하나를 털어놓자면….

현주에게 프로포즈를 하던 날이었다. 최고로 놀라게 하고 싶은 그날 하필이면 말이다. 제법 로맨틱한 계획을 세웠다. 결혼 후 함께 살 집의 벽에 담담한 그림과 함께 "윌 유 메리 미?"를 커다랗게 써 놓고 방 안은 작은 촛불과 음악으로 채워 두었다. 그녀가 퇴근하기를 기다렸다가 아주 천연덕스럽게 집 구경이나 하자며 데리고 가선 짜자잔! 서.프.라.이.즈를 할 참이었…는데 집으로 올라가는 계단에 첫발을 올리자마자 현주가 말했다.

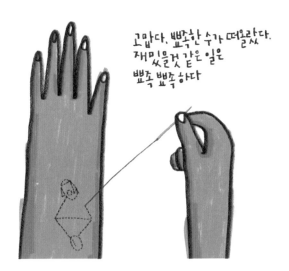

고맙다. 뾰족한 수가 떠올랐다.
재밌을것 같은 일은
뾰족 뾰족 하다

"오빠. 나 눈 감아?"

역시나 그랬나 보다. 티가 났나 보다. 온 몸으로 '나 뭔가 준비했어. 기대해도 좋아'를 외쳤나 보다.

1분만 좀 더 능청스러웠다면 깜짝 놀라 기뻐 눈물짓는 현주의 얼굴을 볼 수 있었을 텐데.

꽤 괜찮은 프로포즈를 성공했다며 동네방네 자랑할 수 있었을 텐데.

행복해하는 모습이 너무 보고 싶었나 봐. 만나서 계단을 오르는 동안에도 행복하게 해 주고 싶었나 봐.

그래서 그랬나 봐. 음… 너무 사랑하면 그럴 수 있어. 그치?

이때다

내 좋은이의 손을
스윽 - 스윽 - 스윽 문지른다
스윽 - 스윽 - 오래 문지르면
때가 나온다.
이때다.
고백할 때, 사랑할 때.

너보다 딱 하루만 먼저 죽을래

내 옆에 있는 그 사람보다 딱 하루만 더 살았으면 좋겠다.
떠나는 그 사람을 잘 여며 떠나보낼 수 있게.
내 걱정은 하지 말라며, 그동안 진심으로 너무 고마웠고
앞으로도 오래오래 기억하며 살겠노라 안심의 거짓말을 할 거다.

내 옆에 있는 그 사람보다 딱 하루만 먼저 떠났으면 좋겠다.
내가 전할 수 있는 모든 사랑을 다 베풀고
나를 보는 그 사람의 눈빛을 마지막 순간까지 마주 보고 싶다.
나는 도저히 그 사람을 떠나보낼 용기가 없다.

운명 같은 소리 하네

"너는 내 운명이다"라는
로맨스의 첫 문장 같은 말.
어떻게 생각해?

토정비결, 사주팔자, 궁합 등등은 믿지 않지만
운명이란 있어빌리티한 말을 쓰며
너와 나를 묶고 싶어 하는
지구인의 맘은 십분 이해가 된다만.

그렇지만 운명 같은 그대란,
내가 운명을 다할 때 곁에 있는
그 한 사람이다. 꼭 그 사람이다.
지금은 몰라, 우째 알아 그걸.

밥이 되고, 죽이 돼도 운명일 테니까, 가 아니라
일단 떨어지지 말아 봐.
헤어지지 말아 봐.
그러면 알아.

있잖아,
걔랑 나랑
다시 좀 찍어 주라,
안 떨어지게...
다시는.

여행

너와의 시간이 여행이다.

딱히 특별한 이야기가 없어도 좋다.
같은 것을 보고 좋다 하고
어쩌다 그냥 같이 웃는다.
가끔 너의 틀린 이야기도 맞다 하고
몇 번이나 들었던 이야기도 처음인냥 들어 본다.
네가 잠이 들었을 땐 종일 내 걸음은 까치발이고
내가 일터에서 속이 까맣게 타 버린 날도
네 앞에선 하얀 이를 드러내며 크게 웃어 보인다.

너와의 시간은 여행이다.
여.전히
행.복하다.

약간의 거리도 두지 않는다

37센티미터.
너와 함께 듣고 싶은 음악이 있어
이어폰을 한쪽씩 나눠 끼고 들었을 때 너와의 거리.

1센티미터.
너와 함께 듣고 싶은 음악이 있어
이어폰 한쪽을 끼고 귀를 잔뜩 맞댄 채 들었을 때 너와의 거리.

우리는 종종 너를 한쪽씩
나눠 끼고 음악을 들었어
어쩐지 되게 가깝게
느껴졌었지. 그런데,
아예 한쪽만으로 들었어.
그랬더니, 훨—씬
가까워졌다

선 긋기

어릴 땐 책상에 선 주욱 그어 놓고
넘어오지 말라고, 선 넘어오면 다 내 것이라고 애 같은 심술을 부렸다.
엄청 유치하고 못됐게스리.

어른이 되어도 다르지 않다, 선 긋기는.
그래서 말인데….
이 선 좀 넘어와 줄래? 내 것 하게.
아님 내가 넘어갈까? 네 것 할래?

제 친한 부인이에요

어떤 자리에서건 부인에 대한 이야기를 할 때
"아 우리 현주는요"라며 이름을 말한다. 모르는 사람들은 현주? 누구지? 하겠지만
군이 내 부인이라 일러주지 않아도 대화의 문맥상 현주=부인이라고 짐작을 하는 듯하다.

나는 현주와 친구처럼 지내고 있다. 지금도 앞으로도 가장 친한 친구는 현주일 것이다. 내 가장 친한 친구인 현주가 내 주변 사람들에게도 나의 부인이라는 인식보다 '현주'라는 하나의 인물로 기억되길 바란다. 후에 첫 만남의 자리가 만들어져도 "아~ 이분이 현주 씨군요, 말씀 많이 들었어요."로 부드럽게 대화가 시작된다. "저 아내 분은 성함이…"라는 어색한 질문은 생략인 것이다. 소소한 부분이지만 나는 좋다.

"현주 씨는 잘 계시죠?"라는 부인에 대한 안부 인사도 반갑기만 하다. 그렇게 기억하고 인사해 주는 사람 또한 너무 좋다. "그럼요, 현주 잘 있어요. 하하."

바쁜 서로의 직장 탓에 온전히 함께 하루를 보내는 날이 한 달에 몇 안 되지만 운 좋게(?) 너무 괜찮은 하루를 보낸 날은 어김없이 현주에게 물어본다.

"현주야, 나랑 결혼할래?"
"음…아니. ㅎㅎ."

그렇지. 이게 친구의 대화지.
기분 좋게 실랑이를 벌이다 잠이 든다.

너를 보면 좀 살 것 같다

어릴 적엔 어른들이 나에게 그랬다.

애가 말하는 게 무슨 부처 보살 같다고(무슨 말인지 알 것도 같지만 사실 잘 모르겠다).

굉장히 말이 많은 아이였다 나는. 어디 가서 말싸움으로는 지는 일이 없는, 물에 빠져도 입만 동동 뜰 입담을 가진 그런 '아이'.

어렵게 광고 회사에 인턴으로 실습을 나온 것이 2006년 겨울이었는데 그때부터였다. 말을 할 수가 없었다. 프로젝트를 시작하면 업무 시간 아니, 하루의 대부분을 회의실에서 서로의 아이디어를 밀고 당기며 논의를 해야 하는데 인턴 나부랭이였던 나는 오답을 말하기가 너무 겁이 났다.

당연히도 정답을 알 수 없는 인턴이라는 시기였지만 멋드러진 의견을 내놓지 못하면 정직원이 되는 데 감점 요인이 될 것 같았기 때문이다.

회의실 안의 선배들이 "오호~ 이 녀석 봐라" 하는 말이 나올 정도의 의견이 아니라면 입 밖에 꺼내지도 않았다. 가만히 있으면 중간이라도 갈까 싶어서.

점차 말수가 줄어들어만 갔다. 촐싹거리는 이미지는 뭔가… 진중한 이미지로 바뀌었고 자연스레, 말하는 시간보다 듣는 시간이 늘었다.

오랜만이어서 그랬나
어제 보고 오늘은 참봐서 그랬나
보자마자 뿜었어

,

기쁨

그런 내 입의 봉인이 풀리는 때가 언젠가 하면. 퇴근해서 현주를 만날 때다. 어제도 보고 아침에도 봤는데, 아직도 퇴근하고 현주를 보면 너무 반갑다. 너무 치열하고 정신 없는 하루를 보내고 집에 와 현주를 만나면 그게 그렇게 좋을 수 없다.

SNS의 아이돌 사진 아래 안구 정화라는 해시태그들이 붙어 있는데 나는 현주를 보면 그렇다. 안구가 정화되고 달팽이관이 정화되는 느낌이다.

오랜만이어서 그런 걸까? 어제 보고 오늘 처음 봐서? 아침에 보고 종일 보지 못해서였을까?
보자마자 뿜었어. 기쁨.

일부러 바보가 되어 본다

이따금 나의 바보 같은 몸짓과 말이 너를 웃음 짓게 만든다.
깔깔거리며 배를 잡는 너를 보고 있노라면
내가 잠시 뚱딴지 같고 어리숙해 보이는 게 무슨 상관이 있겠니.

그저 좋기만 하다. 네가 웃을 수 만 있다면.
네 앞에서 내가 똑똑하기만 해야 할 이유가 무엇이니.
나는 내가 좀 모자랄 때 곁에서 네가 날 채워 주며 뿌듯해했으면 좋겠어.
네가 나한테 이런 말을 해 줄 때 나는 기분이 참 좋아.

"오빠는 나 없으면 진짜 안되겠다 그치?"

"아이스아메리카노 한 잔 주세요"
"사이즈 어떤 걸로 드릴까요?"
"엑스라지요"
"드시고 가시나요?"
"입고갈건데요"

내 귀에 너

종일 기분이 썩 괜찮았다. 뭔가 소소한 기분 좋은 말들이
귓가에 맴도는것 같기도 하고 그랬다. 눈에 보이는 소음들이
귀 안쪽으로는 안들어오는 것도 같고 그랬다.
참 요상타..., 싶어서 귀 안을 닦았더니. 얘가 묻어 나오지 뭐야 참 이상하지. 오늘은 썩 기분이 좋다.

종일 주변은 시끄러운 소음들로 가득해 보이지만 어쩐지 나는 그 소음마저 듣기가 좋다.

그럴 리가 없는데. 눈앞엔 소란한 잔소리와 불만 섞인 투정을 털어놓는 모양새가 분명해 보이는데 듣기 싫지가 않아. 아니 그리 들리지 않는다고나 할까? 이것 참 이상타… 싶어 귀 안을 닦아 보니, 세상에 너가 묻어나오지 뭐야?

고마워. 너는 참 보기도 듣기도 좋은 이였구나. 늘 곁에 있어 줬구나.

다시금 근사해질 필요

모든 익숙함들은 새롭고 난 한참 후에야 느낄 수 있는 감정이다.
어쩌면 나는 새로움 후에 비로소 나와 편해진 익숙함을 이내 지루함으로 치부하진 않았을까?

나는 가끔 오래 지니고 있던 물건을 선물하곤 한다.
한껏 새로웠던 그것은 이제 특별한 상황이 아니고선 손이 닿지 않는 곳에 놓여 있는데 리본을 묶어 작은 카드와 함께 내밀면 받는 이에겐 아주 특별한 '새' 선물이 되는 것이다.
쓰던 것, 중고가 아닌 내가 너무 갖고 싶어 했고, 아끼고 지녔던 이것을 선물하는 것은 나에겐 "당신은 내가 좀 특별하게 생각하고 있어. 그래서 나에게 특별했던 이것을 선물해"라는 의미다.

어쩌면 너에게 내가 온전히 익숙해져 있을 무렵. 나는 뜬금없이 스스로 리본을 묶고 나타난다. 이내 다시 익숙했던 나로 돌아오겠지만 한 번씩 너에게 새것이 되고 싶어서.

Ribbon으로 Re born 하도록.

늘 곁에 있던 그것에게 리본을 묶어 본다
그랬더니 꽤나 근사한 선물로 새로 되었다
손에 축은 눈에 익은 그것들에게
RIBBON을 달아준다. REBORN 하도록

다소 논리적인 고백

비가 와요. 대지의 꽃들이 아주 좋아해요.
베란다에 놓여진 작은 화분의 잎사귀들이 창밖으로 고개를 내밀고 싶어
하는 게 느껴져요. 이렇게 비가 오는 날이면 꽃들은 눈을 감고 고개를 들
어 그 고운 얼굴에 비가 맞닿는 걸 실컷 느끼고 있겠지요? 함박웃음을
지으며 말이에요.

비가 오는 날을 당신도 아주 좋아해요.
이따금, 카페에 앉아 비 오는 창밖을 한참이나 바라보고 있어요, 당신
은. 난 그 모습을 보는 걸 좋아해요.
얼마 전에 알았어요. 당신이 바라보는 것은 창밖 너머가 아닌 유리창에
맺힌 빗방울이었다는 것을요. 작은 방울 하나하나.

비를 참 좋아하는 걸 보니
당신도 꽃인가 보아요.

나는 비가 내린다는 표현보다는 비가 온다는 표현이 좋아요.
내리면 없어질 것 같지만,
비가 나에게 오면 곁에 머물 것만 같으니까요.

비가 오지요
꽃들이 아주 좋아합니다
비가 와서 좋지요?
당신도
꽃인가 보네요

달링(ring)

"나는 너한테 뭐야? 액세서리 같은 존재야?"라는 질문에
잠시간 고민하다 "응"이라고 대답했다.
그리고 "그런데 나 그 액세서리, 한 번도 뺀 적 없어"라고 말했다.

웃고 있는 것 같다. 좋아하고 있는 것 같다.

칭찬의 재주

교토에 다녀왔다.

내가 한국이 아닌 다른 나라에서 살게 된다면 이곳이었으면 좋겠어, 라고 처음 생각이 들 정도로 아주 인상 깊은 곳이었다.

가장 완벽한 현재진행형의 과거 속에서 머문 시간이었는데 다녀와서 임경선 작가님의 『교토에 다녀왔습니다』라는 책을 읽었다. 그곳에서 겪고 느꼈던 그 깊은 감동을 써낼 훌륭한 재주가 나에게도 있다면 꼭 들려주고 싶은 도시에 대한 감상이 그대로 적혀 있었다.

더하지도 부족하지도 않은 너무나 교토스러운 교토 이야기였다.

아. 이 얘기를 하려 했던 것이 아닌데 교토 이야기만 나오면 이렇게 입술이 건조해질 정도로 말이 많아진다.

교토를 여행하며 한국에 돌아가 지인들에게 줄 선물들을 찾다가 '요지야'라는 브랜드의 작은 손거울을 몇 개 가방에 넣어 왔다(물론 계산 다 하고). 500원 동전만 한 거울이라 솔직히 쓸모는 적겠지만 뭔가 상당히 일본스럽고 교토스러운 데다 주거나 받기에도 부담이 없는 물건이라는 생각이 들었다.

음… 뭐라고 좋은 말을 덧붙이며 선물을 할까?
널 위해 준비했어, 오다 주웠어 같은 식상한 멘트는 일단 제외.
떠올랐다. 작은 메모지에 이렇게 몇 자 적었다.

"너는 얼굴이 작으니까, 요 작은 거울로도 충분하겠지?"

꽤 괜찮은 멘트지 않은가?
쓸모가 적을 뻔한 조그만 거울의 쓸모가 +1 상승했다.
아주 칭찬해. 나.

네가 작은 위험에 처했으면 좋겠어. 지켜 주고 싶어서

사랑이라는 감정을 공유하는 관계에서
나의 기조는 그녀를 지켜 주는 것이라고 생각했었다.
아무래도 내가 조금은 힘이 더 센 사람이니까. 그리고 남자니까.
이기려들지 않고, 져 주는 것이 아닌 존중에서 오는 수평적 관계를 유지
할 때 우리의 관계는 오래 지속될 것이라고 믿고 있었다.

"저녁은 뭐 먹을까?"
"좋아, 그렇게 하지 뭐."
"영화 볼까? 보고 싶은 거 없어?"
"이번 여행 숙소는 어디가 좋을까?"
"그러자, 굿 초이스!"

네가 좋아한다면 나도 좋으니까.
우리는 크고 작은 모든 범사를 함께하는 사이니까.

서로의 시간을 공유한 지 어느덧 6년째.

나는 늘 내가 지켜 준다고 생각했었지
그런데 어쩌면 너가 나를
지켜 주는 게 더 많은 것 같아
나 혼자 였으면 못 했을 일들이 은근히 많다

GUARD

가만히 생각해 보니, 이제는 네가 좋지 않다면 나도 좋지 않고,
혼자서 거뜬히 결정하고 취했던 행동들을 할 엄두가 나지 않는다.
하 이것 참.
내가 한걸음 앞서 걸으며 네 손을 잡고 걷는다고 생각했었는데 내가 반
걸음 뒤에서 네 손을 잡고 걷고 있었다.
천천히 가고 싶은 길로 걸어가렴. 뒤에서 잘 보며 따라갈게. 가끔은 달
려도 좋고 멈춰도 괜찮아. 그리고 어쩌다 돌부리에 걸려 넘어질라 쳐도
걱정 마.
그 바닥에 내가 먼저 누워 있을 테니.

지랄발광

교토에서의 마지막 밤이었다.

차로 두 시간을 달려 시골의 작은 료칸에 도착, 짐을 풀었다. 초저녁이었지만 가로등 하나 없는 시골이라 시간을 짐작할 수 없을 정도로 어두웠다. 간단한 음식으로 허기를 달래고 동네 골목골목을 걸었다. 집과 집 사이를 가로지르는 작은 개울을 따라 걸었는데 물에 비친 달빛과 별빛이 아니었다면 허공을 걷는 기분이었을지도 모르겠다. 조용하니 서로 아무런 말도 없었다. 땅도 보다, 하늘도 보다 현주가 먼저 입을 열었다.

"저 별들 중에서 난 어느 별이야?"
"음… 저기서 가장 반짝반짝 빛나는 별."
"정말? 왜?"

나는 몇 초의 짧은 시간 동안 근사한 답을 몇 개 떠올리고 이리저리 고르다 대답했다.

"발광하잖아. 지랄발광. 헤헤."

교토의 마지막 밤을 붉게 물들일 뻔했다.

京都の夜。
月曜日。二十二日。五月

밝히는 남자

완전.
반짝반짝.
빛나게.
만들어 주지.

개 되게 여자 밝혀

삼백육십오일.삼십육쩜오도

일 년은 365일.
사람의 체온은 36.5도.

3, 6, 5. 이 세 숫자. 참 사람과 가까운 수임에 틀림이 없다.

누군가를 안아 줄 때, 고개를 36.5도 정도 기울여 본다.
서로의 고개가 자연스레 서로의 뒤쪽으로 파고들며
몸통이 더 가까워지고 체온과 향기를 느끼기 쉬워진다.
동시에 두 팔은 자연스럽게 그 사람을 감싸 안아
두어 번 등을 토닥여 주기에 더없이 좋은 위치에 둘 수 있게 된다.

내가 각도기를 가져와서 정확히 재 본 건 아니지만
얼추 36.5도가 맞다. 못 믿겠다면 각도기를 가져와서 재 보던가.

자, 이제 안아 보자. 그 사람을.

딱- 안고서
고개를 36.5° 기울이면
체온이 잘느껴진다
신기하지, 36.5°

36.5°

결백

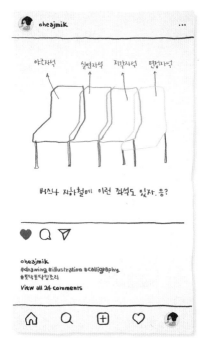

이 그림과 글을 포스팅했을 때, 누군가 댓글을 남겼다.

"혹시, 임산부석에 대해서 비꼬는 거 아니에요?"

작업물에 대한 이런 피드백은 처음이었던지라 며칠간 정말 생각이 많았다. 다시 작업할 생각조차 들지 않을 정도로. 겁이 났다. 의도치 않게 누군가에겐 위로가 아닌 상처의 메시지를 줄지도 모른단 생각에. 한 번 더 생각하게 된다. 조금씩 더 많은 사람들에게 나의 생각이 닿게 될 때, 나의 메시지가 혹여 차갑지나 않을지. 그 온도를 몇 번이고 확인하게 된다.

나쁜 뜻은 없었습니다. 전혀요. 저는요 저와 같은 사람들에게 힘내라는 이야기를 해 주고 싶었어요. 어깨 좀 펴자고. 그러면서 저도 힘내려고 그랬어요.

틈

띄어쓰기를
옳게 해야 보기도
읽기도 좋더군요.
단어 사이에 틈,
글 사이에
한 글자
정도의 여백
만큼.
매일살이에도
틈이랑 여백이
있어야
좋습니다.

빛은 틈으로 들어온다고 했다. 내 머리와 가슴 사이에도 좁지만 트임이
하나 있어 숨 쉴 새가 있었으면 한다.
너와 나 사이에도 팔 하나만큼 공간이 있어 좋은 사람 하나 더 들어와 앉
았으면 좋겠다.

,

이것은 쉼표다. 쉬어 간다는 의미도 있지만
숨을 '쉰'다는 의미도 있을 터.

쉬는 건 숨을 쉬는 것과도 다르지 않다.

빨대 하나 쓰는 사이예요

어릴때, 참 많은
아르바이트를 했었다
바리스타 일을 한적도 있었다
어느 커플이 주문한
ICE AMERICANO를
만들어선 빨대를
두개 챙기고 있었는데

"아_ 저희는
 빨대하나만 주시면 돼요"
 그랬다
 당연한거고, 다들 그럴테지만
 나는 이말이 왜그리
 뽀송뽀송하고 로맨틱하게
 들렸을까, 더 멋있는 말을
 써볼래도 진짜 별거아니라
 떠오르지도 않는다

그니까,
좋아하는거
참 별거 아닌데,
이게 희한하게도
말랑말랑해

너 좋아

잔잔한 이

어떤 이는 귀에 작은 찻잔이 하나 올려져 있다.
특별할 것도 없는 이야기지만 그 잔에 잘 담아 내 이야기를 들어준다.
그 사람. 사람 참 좋다 싶다.
왜 말은 하기보다 듣기를 많이 하라는지 알 것도 같다.

언제 들어도 좋은 말

듣기 좋은 말도 한두 번?
아닌 것 같다.
듣기 좋은 말은
오백만 번 들어도 좋다.
언제 들어도 좋은 말은
언제 들어도 좋다.

좋아한다

좋아하는 거는
마주 보는 것도 맞고
같은 곳을 보는 것도 맞고
아예 다른 곳을 보는 것도 맞다

구급함, 사람 급함

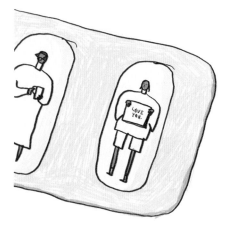

사람때문에 아픈 거는 사람으로 낫는다
그때 그때 참 좋은 사람들이 있다
타이레놀 같은 애, 게보린 같은 애.
후시딘 같은애, 지르텍 같은애, 겔포스 같은 애
정로환 같은 애, :-)

사람 때문에 아픈 거는 사람으로 낫는다.
내 마음 이래 아프고, 저래 아플 때. 그때그때 곁으로 찾아가
힐링받고 싶은 좋은 사람들이 있다.

타이레놀 같은 사람,
게보린 같은 사람,
후시딘 같은 사람,
정로환 같은 사람,
지르텍 같은 사람.

구급함에 잘 모아둔 약처럼,
멀지 않은 곳에 이 사람들 두고
두고두고 잘해 줘야지.

항이라는 글자에 선 하나만 그으면

버둑

지지말아야지,
행복해져야지,
항복안해, 행복해버릴테다

연말의 클리셰

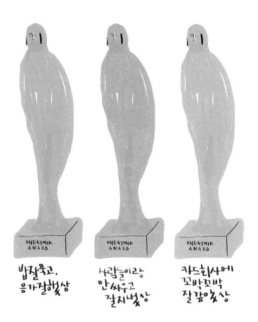

밥잘먹고,
응가잘해봤상

사람들이랑
안싸우고
잘지냈봤상

카드회사에
꼬박꼬박
잘갚았상

매년 그해가 저물어 갈 무렵. 모든 방송사에는 각종 시상식으로 집안 잔치를 벌인다. 인기상, 베스트 커플상, 우수상, 최우수상, 대상 등 몇 개만 더 수상하면 방송국 사람 다 받는 거 아냐? 할 정도로 가짓수도 많다.

"이 상은, 더 열심히 해서 더 좋은 모습 보여 달라는 의미로 알겠습니다. 감사합니다."

하하하 수상소감, 그 말 할 줄 알았어.
가만, 올해의 나도 꽤 열심히 해 줬는데 상 하나 줘야 하는 것 아닌가?
내년의 내게도 좋은 모습 보여 달라는 의미로다가.

가만히 앉아 나는 무얼 무얼 잘했나 반추해 본다.
못난 짓도 셀 수 없지만 그래도 잘한 일이 더 많다. 다행이다.
올해 연말이 되면 나에게 상을 하나 줘 볼 참이다.
고생했다고, 힘내라고, 제법 괜찮았다고.

다쳐도 됩니다

X-MEN 영화에서
로건은 치유능력이 있다
다쳐도 막 금방 나아버린다
이 초능력은 좀 부럽다고
생각했었다
그런데,
나도 다치면 낫는다
시간이 좀 걸려서 그렇지
낫긴 낫는다. 그러니까
나도 약간 초능력이 있는거다
너네도 쪼금 초능력자다
자, 정리하자면, 우리는
쪼금 초능력이 있긴해서
다쳐도 낫긴낫는다
지금 아픈 사람들 걱정 마

영화 〈엑스맨〉에서 로건은 치유 능력이 있다.

막 막 다쳐도 금방 나아 버린다. 불을 뿜고 얼리고 빠르게 내달리는 신박한 능력을 가진 히어로들도 썩 부럽지 않았었는데 로건이 가진 이 초능력은 좀 부러웠다.

서울 한복판에서 불을 뿜어서 무엇하고 빨리 내달린들 무엇할까.

그런데, 치유라니.

가만? 그러고 보니 나도 있어 그 능력.

나도 다치면 나아, 시간이 조금 걸리지만 반드시 나았다.

그러니까 나도 약간은 초능력이 있는 거잖아?

아마 당신도 다치긴 했을 거다. 그리고 낫기도 나았을 거다.

그러니까, 당신도 약간 초능력자인 거다.

자, 정리하자면

우리는 모두 약간은 초능력이 있긴 한 거다.

몸이 됐건, 마음이 됐건. 낫긴 나았으니까.

아침이 있는 삶으로의 출사표

퇴사를 했다.

모두 다 가슴속 안주머니에 한 장은 품고 있다는 사직서를 호기롭게 제출했다. 퇴사의 과정을 단 두 줄로 턱 적어 내니 새삼 내가 호기롭게 느껴졌다.

좋은 직장에 좋은 사람들로 북적였지만 일이 미워지기 시작한 것이 첫 번째 이유요, 꿈이라고 적기엔 다소 거창한 플랜B를 더는 미룰 수 없어서가 두 번째 이유다.

이게 과연 나인가? 싶은 '자기소설서'를 몇 번이나 고쳐 쓰고 생전 초면인 사람 앞에서 머리를 조아리며 면접, 또 면접. 연수까지 마치고 나서야 겨우 입사할 수 있었는데 퇴사의 과정은 일사천리였다.

거울을 보니 그 속에 내가 너무 크게 웃고 있다.

자본주의 사회에서 기본적인 의식주를 해결할 새로운 방도를 찾을 부담 감은 잠시 접어둔 채, 곧 내가 누릴 '저녁이 있는 삶'에 대한 기대감에 부푼 표정이랄까?

그토록 소원했던 '저녁이 있는 삶'이다. 곧.

퇴사 후 첫날 아침.

평소와 같이 눈을 떴지만 조금 더 침대에 머물러 본다. 그래도 되니까.

거실로 나와 유튜브 채널에서 명상 음악을 골라 틀어 놓고 최대한 느긋하게 커피를 한 잔 내렸다.

정말 좋아하는 순간이다. 에스프레소 머신에서 나온 에스프레소 줄기에서 퍼지는 향을 맡을 때. 커튼 사이로 빼꼼 볕이 들어와 소파에 길게 누웠다. 저기쯤 앉으면 딱 좋을 것 같다. 내 예상이 맞았다.

이보다 좋을 수 없다.

아침 10시 23분. 바깥은 여전히 바쁜 걸음인데 나 혼자 멈춰 있는 아침.
내가 그토록 소원했던 건 저녁이 아닌 '아침이 있는 삶'이었나 보다.

회사로 출근을 하고, 마주치는 사람들에게 형식적으로 건넸던 인사
"좋은 아침~."
하하 사실 그거 뻥이었어. 좋은 아침은 지금이다.

3장

11PM~

어제가 오늘 같고,
오늘이 어제 같다면

#일상 #고민 #나

나랑 나랑

나한테 잘하자
나를 좋아해버리자

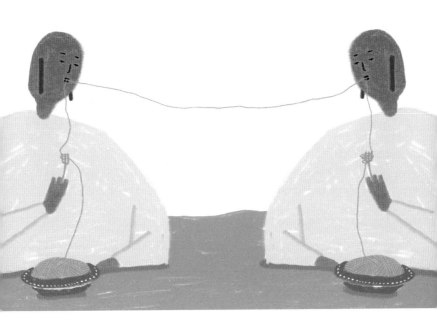

사람은 점,선,면으로 이루어져 있다

나는 나쁜 점이 많은 사람이다.
그렇지만 좋은 점도 퍽 많은 사람이다.
나의 나쁜 점과 좋은 점을 하나씩 하나씩 스윽 이어 그리면 내가 된다.
그렇다.
사람에게서 내게 맞는 좋은 점만 찾으려 들면 안 돼.
나쁜 점, 좋은 점 고루 이어 내가 되듯,
그게 나려니, 그러려니 하고 봐주렴.

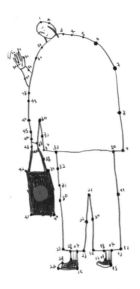

사람한테서
좋은 점만 찾음 안 돼.
잘난점, 못난점
다 잘 이어 봐주렴:-)

나 됨

나대는 게 아니라 나 되는 건데요.

"나 되려는 거라구요."

하고 싶은 말 하고, 생각하고, 되고 싶던 나 되려는 겁니다.
너 님은 너 되세요.

마음 결핍

나, 마음먹었는데, 분명히 -
왜 이리 마음먹은 대로
안 되는 걸까?

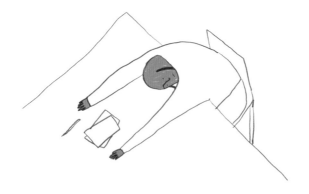

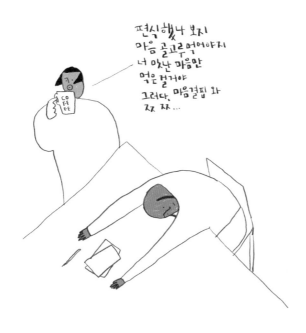

편식했나 보지
마음 골고루 먹어야지
너 맛난 마음만
먹은 걸거야
그러다, 마음걸핍 와
쯧 쯧...

독한 마음 한 알

마음이
공복일때
먹어야 해요.
알았죠?

도무지 마음이 좋지 않아
약을 지으러 갔더니 마음 한 알을 준다.

"뭐죠? 이게?"

독한 마음이라고,
집에 가서 한바탕 울고 나서 복용하라고 했다.

잘 알지도 못하면서

너를 처음 만난 곳은 롯폰기였다
쉬지 않고 너를 굴려대던
꼬챙이가 기억나.
어지럽진 않았니?

나는 너가 까맣게
탄줄 알았는데 탄거아니래

속은 덜익은줄 알았는데
그게 맞다네?

잘 알지도 못하면서
이게 뭐냐고 막 그랬는데,
이젠 안 그럴라고.

신중해야지,
천지사방이 타코야키다

TAKOYAKI

나는 타코야키가 새카맣게 탄 줄 알았는데
탄 거가 아니라네?

겁 없이 한 입에 툭 넣었다가
덜 익은 반죽이 비집고 나와
소리를 지를 뻔했어. 너무 뜨겁잖아!
근데, 덜 익은 것도 아니라네?
원래 그런 거래.

난 잘 알지도 못하면서
불평하며 입을 삐죽거렸어.
내 것이 아니면 이건 아닌 건 줄 알고
손사래 쳤어.

이젠 안 그럴라고.
조금 더 생각해 볼게.

천지 사방이 타코야키야.

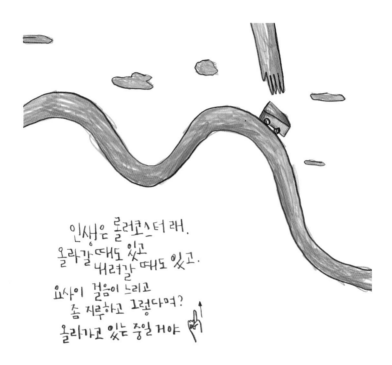

인생은 롤러코스터래.
올라갈 때도 있고
내려갈 때도 있고.

요사이 걸음이 느리고
좀 지루하고 그렇다면?
올라가고 있는 중일 거야

누가 그랬어. 인생은 롤러코스터라고.
그럼 맞고 말고. 올라갈 때도 있고 내려갈 때도 있고.

당신 요사이 걸음이 느리고 보폭은 좁고 좀 지루하고 그렇다며?
걱정 마 올라가고 있는 중일 거야.
게다가 롤러코스터는 내려가는 맛에 타는 거 아닌가?

괜찮아졌나 봄

곧 봄이다
꽃 봄이다
=
일교차처럼 들쑥날쑥한 마음이다만
곧 괜찮아질 거다
일교차가 좁아지면
곧 봄이 올 테니.

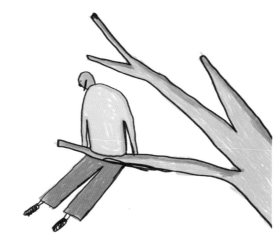

SPRING COMING

일교차 처럼 들쑥날쑥한 마음이다만 곧 괜찮아질 거다
일교차가 좋아지면 곧 봄인것처럼.

나는 대서사시

우리는 단편이 아니라
장편처럼 살 거고
매 권마다 내가 기억하고 싶은, 좋은 장이 있을 거다.
때론 스-윽 넘어가는 노멀한 몇 권도 있겠지만

빨간 책갈피로 기억해 두자.
여기까지 읽었어, 가 아닌
이 부분이 좋았어, 라는 의미로.

길게 보자.

삐죽 나와 있길래 펼쳐봤더니, 마지막으로 읽었던 장이 아니라
제일 좋았던 장을 접어 놓으려 했다.
/
우리는 단편이 아니라 장편처럼 살자고 매 권마다
좋은 부분이 있을 거다. 지루한 몇 권도 있겠지만, 길게 보자

봄을 벗는 꽃

하나

둘

셋 넷

다섯 여섯 일곱 여덟.

눈앞으로 작고 하얀 잎새들이 흩날린다. 벚꽃이다.

나는 벚꽃이 질 땐 조금 속상타.
왠지… 세상이 봄을 벗는 느낌이야.

벚꽃이 지면, 왠지, 봄을 벗는 느낌이야

유츠프라카치아

이를 닦지 않으면 이 사이와 틈에 치석이 생긴다지.
어떤 마음도 나누고 보듬다 그만두면 그리 된다지.
'애석'이 *그거지*.

애석: 〔명사〕 슬프고 안타까움.

사랑하지 않으면 사랑하는 법을 잊게 되고
사랑받지 않으면 내가 얼마나 소중한 존재인지 잊게 된다.
애석하게도….

끝내기

도무지 가까워지지 않는 너.

영… 안 될 것 같아서
마음을 접기로 한다.
그리고 날린다.

잘 받아.
고마웠어.
그래도 내겐 좋은 설렘이었어.
그 설렘 마음 깊이 품고 다니는 내내
얼마나 좋은 생각들로만 나날을 채웠는지 몰라.

네가 채워 준 그 좋은 날들,
조금씩 꺼내 먹으며 나도 잘 지낼게.

내 마음. 잘 받아. 잘 살아.

떨어지지 말 것

잊어선 안 되는
중요한 이야기가
쓰여진 포스트잇
이었을지 몰라도

떼어 내고 나면
아무것도 아닌,
노란색 메모지
딱 거기까지인.

그런 사람이 되고 싶진 않다.
그런 사랑을 하고 싶지도 않다.
지금 내 옆에 붙어 있다면
떨어지게 두지도 않을 테다.

정말 놀라운
발명품인건 인정.
근데. 너가 사람였다면
정말 싫었을거다.
쉽게 떨어지고
쉽게 붙고.
또 떨어지고

네가 아끼는 책이 되어

생각이 많아질 때면 책장에서 꺼내 읽는 책이 한 권 있다.
이미 수없이 읽고 또 읽었던 책이다. 어림잡아 중간 즈음 툭 펼쳐 내면
지금 읽으면 좋음직한 페이지가 눈에 들어온다.
그리고 익히 알고 있는 그 뒷장이 또 궁금해 한 페이지 더 넘기게 되는
그런 책이 있다.

나는 네게 어떤 책일까?
펼치면 술~술 잘도 읽히지만 책장에 꽂으면 다신 꺼내 읽진 않는 책일
까? 한 글자 한 글자 천천히 읽다가 다시 몇 장 앞으로 돌아가 다시 읽어
봐야 하는 책일까? 아님 가방 한편에 모서리가 닳도록 갖고 다니다 이따
금 꺼내어 한두 장씩 읽고 또 읽는 책일까?

뭐 아무래도 좋다.
쉬워 술술 읽히던, 어려워 꼭꼭 씹어 가며 읽다가 채 다 읽지 못한 책이
라도 괜찮으니 나는 그저 네가 아끼는 한 권의 책이었으면 좋겠다.

이미 몇 번은 읽었던 너란 책이다
어림잡아 중간 부분을 슬쩍 펼쳤는데
이쯤이면 그 내용이겠네, 했던 페이지다.
근데 뒷장이 또 궁금하다.
나는 어떤 책일까. 술술 잘도 읽히지만
또 꺼내 보진 않는 책일까,
실컷 읽다가 다시 몇 장 앞을 펼쳐 읽어봐야 아는
책일까, 들고 다니면서 하루에 한두 장씩
읽어보는 책일까

무향

서로 많이 사랑하다 헤어진 연인이 있다.
한여름 더위에도 아랑곳하지 않고 꼭 붙어 다니던,
겨울에는 말할 것도 없이 서로의 온기를 나누던 그들이다.
이듬해 봄이 완연하기 전, 둘은 헤어졌고 서로를 추억할 수 있는 거라곤
안감이 보라색이고 겉은 캐멀색인 롱 코트에 남은 약간의 향뿐이다.
딱 그것뿐이다.

그 사람을 떠올릴 수 있는 거라곤 옷에 밴 희미한 향뿐이라⋯
냄새가 짙은 어느 곳에도 입고 가지 못하는 옷이 돼 버렸다.
계절이 바뀌면 옷장 속에 넣어야 하지만 행여나 다른 향과 섞일까 엄두
도 못 낸다. 그래도 제법 값이 나가는 옷이라 드라이를 맡겨야 하지만 향
이 사라질까 생각도 않기로 한다.

그런데, 어느 날부턴가 더 이상 그 향이 맡아지지 않는다. 그 향이 지워
졌다. 안타깝고 답답하다. 없다, 이제는 아무것도. 그 사람을 추억해 낼
조금의 단서도. 어디 가서 비슷한 향을 묻혀올 수도 없는 노릇이다. 비
로소 완벽하게 끝이 난 것 같은 기분이겠지.

그제서야 실감하다니.
정말 정말 사랑했나 보다, 그 둘은.

떠올릴수 있는게 향밖에는 안 남아서
냄새 밸까봐 삼겹살 집에도 안입고가는 옷인데,
세탁도 안 하고 그냥 꼬이 걸어만두는 옷인데 그 향을 지우다니
아깝고 답답하다. 없다, 이제, 아무것도
어디가서 비슷한 냄새를
묻혀올수도 없는 노릇이다

삐뚤어질 이유

이런 그림을 그리고 글을 쓰는 지금, 내가 정말 부끄러운 건
"왜 화를 내? 이게 화낼 일이야?"라며 너에게 화를 냈던 내 모습이야.
무슨 기준으로 네가 화를 내도 될 일과 안 될 일을 내가 가늠했던 걸까.

시각차이라고 하더라.
현상을 바라보고 대하는 시선의 각도.
더 애써 볼게. 네가 나를 보는 시선의 각도와 얼추 비슷하게
나를 나도 볼게.

못할 짓

담배를 끊으려면, 커피를 끊어야 된대.

그거 참 힘들어. 커피와 담배는 늘 함께였거든.

그런데 너랑 커피 마시고, 너 때문에 담배도 피웠는데

그럼 너… 끊으려면 난 담배도 커피도 다 끊어야 해?

말도 안 돼… 나 그거 못 해.

못할 짓이다. 헤어지는 건.

사랑한다고 말할 수 있는 사이였는데 그 말을 더 이상 하면 안 되는 사이
가 되어 버리는 것.

달콤했거나 지극히 일상적이었거나 두 발로 길을 걷고 숨을 들이마셨다
내뱉고 목이 마르면 물을 마시는 것처럼, 자연스럽고 당연하게 너와 주
고받던… 아무튼 간에 더 이상 어떤 대화도 너와 나눌 수 없게 되는 것.

그냥 싹 다 멈춰 버리는 것.

사람이 못할 짓이잖아.

헤어지는 건 정말 최악이다.

사람이랑 하는 일이라. 사랑.

사랑하고 사랑받고 싶다.

엄마, 내 엄마

난 LP... 잘은 모른다
다만, 빼곡한 주름사이에
바늘을 올려놓으면 구성지게도
노래가 흘러나오는건 안다
그 흘러간 노래, 우리 엄마도
되게 좋아하는데,
어쩐지 이제는 좀 눈에띄게
많아진 엄마 손등위 주름에
슬쩍 내 손가락을 올려놓으면
어릴적 불러주셨던 자장가가
솔솔 흘러나올것 같다

우리 어머니
참 목소리도 고우시다.
그 고운 목소리로 흥얼거리시던 노래 참 많이도 들었다.

요즘은 어머니를 뵐 때마다 많이 안아 드리는데 징그럽다 하신다.
어릴 때는 그렇게 끌어안고 물고 빨고 하시더니 참….

나는 어머니가 나이 들어가는 게 보이지 않는다.
다만, 사진 속의 어머니를 보면 달라지신 게 보인다. 조금씩….

어머니를 더 많이 안아 드려야 한다. 더 자주 손 잡아 드려야 한다.
어머니가 나이 들어서가 아닌 거 같아, 내가 나이를 먹어서다.

기대지 마시오

우리 서로 좀 기대면 안 됩니까?
잠깐이라도 좋은데요.

기대지 마시오
=
기대하지 마시오

라고 하는 것 같아서
마음이 조금 시리고 그러네요.

...좀 기대면 안될까?
잠깐만 기대있음 안될까?

관계에 있어서의 하차

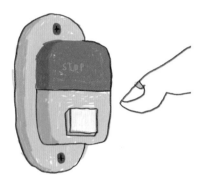

너를 누르면 곧 버스가 멈추고 누군가 내리더라?
그 공간에서 떠나는 이가 누구인지 가장 먼저, 너는 알겠구나
너를 버튼에다 갖다 붙여 놓아도 좋겠다. 그럼 나도 알겠지 :-)

"삐―."

버스의 하차벨이 울리면 차가 멈추고 줄지어 사람들이 내린다.

제일 먼저 버스에서 나서려 했던 사람이 누구인지 하차벨은 알 테지.

그 벨. 내 등에다 갖다 붙여 놓아도 좋겠다. 그럼 나도 알 수 있겠지.

이제 나를 떠나갈 때가 된 사람.

그 사람 미리 알면 좀 덜 슬플까? 맘이 덜 아릴까?

나는… 아무도 나 안 떠났으면 좋겠다.

아픈 말은 마음 전에 귀를 때린다

"중화요리 먹을 땐 연태고량주가 딱이지."

간단히 탕수육이나 먹자며 시작된 식사 자리에 알코올 도수 34도의 (나름) 독주가 등판하셨다.
술자리는 좋아하지만 소주는 써서 싫다는 세상 편한, 아니 나 편한 잔꾀로 요리조리 소주를 피해다녔지만 그날은 제대로 걸렸다. 독하기 이를 데 없지만 쓴맛은 없는 술이라 이건 뭐 달아날 구멍이 없었다.
사각 링 위에서 아프진 않지만 맞으면 시퍼런 멍이 드는 이상한 주먹의 복서를 만난 느낌이랄까.

독주가 담긴 그 유리병은 몰랐겠지.
자기 안에 그 독한 술이 담겨 있는 줄.

입구를 따라 술을 흘려보낼 때도 그 병은 몰랐겠지.
이 술이 그리 독할 줄.

엄지 손가락만 한 전용 잔에 한 잔 쪼르르 따라 곧바로 입으로 향한다.
입술을 타고 혀를 적시더니 식도를 따라 내려가는 얼마 안 되는 그 술이 지나가는 목 안의 어느 길이 고스란히 느껴진다.

갈치조림아...
내가 너는 좋아한다.
근데 너 같은 말은 참 싫다.
말에 가시가 있는말. 뼈 있는말.
갈치조림 같은말.
감자탕 같은말.
뼈해장국 같은말

맘 아픈 말을 들었던 어느 날, 내 달팽이관에서 느꼈던 그 느낌과 아주
비슷하다.
이내 어질어질해지고 다음 날이면 몹쓸 속병에 아파하는 것마저 닮
았다.

참 아이러니하다.
독한 말을 잊으려 독한 술을 마시다니.

心플하게

"이 장면! 자 잘 봐요. 주인공이 라면을 먹잖아요. 그 꼬불꼬불 꼬인 면이 앞으로 펼쳐질 주인공의 순탄치 않은 삶을 상징적으로 보여 주는 감독의 치밀한 복선인 동시에 미장센…
같은 소리 하네. 그냥 라면 먹는 장면입니다."

〈살인의 추억〉이란 영화가 있다.
화성 연쇄 살인사건을 다룬 봉준호 감독의 작품인데, 이 영화를 너무 좋아한다. 몇 번을 처음부터 끝까지 다시 봤는지 셀 수도 없을 정도니. 볼 때마다 새롭고 전에 느끼지 못했던 디테일에 놀라곤 한다.
역시, 괜히 봉준호 감독이 '봉테일'이라고 불리는 것이 아니었다.

영화를 보고 나면 특정 신이나 결말에 대한 해석을 꼭 찾아보는 편인데 〈살인의 추억〉에 대한 한 누리꾼의 해석을 읽어 보았다. 주인공의 이름이 가지는 의미, 어떤 신에서 왜 액자가 삐뚤어져 있는지 그것이 은유하는 것이 무엇인지. 롱 테이크 기법으로 촬영된 신에서의 기법이 가지는 사회적인 비유 등.
해석을 읽고 난 후 다시 보게 된 〈살인의 추억〉은 그전의 영화와는 완전히 새로운 느낌으로 보였다.

이 장면에서
주인공이 라면을 먹잖아요 그 꼬불꼬불 꼬인 면이
앞으로 펼쳐질 주인공의 순탄치 않은 삶을 상징적으로
보여주는 감독의 치밀한 복선인 동시에 미장선
같은 소리하네, 그냥 라면 먹는 씬이잖아

"아~ 그래서… 아…그렇네…. 맞네, 아 그래서 이 장면이 이렇게 된 거구나…."

그리고 봉준호 감독은 한 인터뷰에서 이렇게 밝혔다.

"아니요, 그런 거 아닌데요."

이후에 또다시 본 〈살인의 추억〉은 다시 내가 봤던 그 〈살인의 추억〉으로 되돌아와 있었다. 그럴듯한 의미가 있어 보였던 장면은 순수하게만 보였고, 비뚤어진 액자는 그냥 원래 비뚤게 걸려 있는 액자로 보였다.

어떤 이별도 별일 아니라 하지 말 것

별이 하나 있다
큰소리를 내면서 흔들린다. 어지럽고 고통스럽게 금이 간다.
안간힘을 다해 버티다가, 결국에 별이 둘로 갈라졌다
이별이다.

부탁인데
나 없이 맛있는것 먹지마라
좋은데도 놀러가지말고
신나서 웃지도 말아라
나 없이는 아무것도 좋지 말아라
나 없이 어디 좋은가봐라

천사표 같은 소리 하고 있네

내가 없는 너의 시간을 떠올려 보았다.

그 시간이 텅 비었으면 좋겠다. 내가 너의 삶에 붙어 불쑥 튀어나와 있던 존재가 아니라 너의 삶에 일부였던 나였길 바란다.

그래서 내가 없는 그 자리가 구멍이 나 찬 바람이 숭숭 불 때마다 조금 시리고 찼으면 좋겠다.

나도 그러냐고? 아니 나는 괜찮다.

내 마음에 구멍 같은 건 나 있지 않아.

너는 내 삶에 불쑥 튀어나오지도, 그렇다고 일부도 아니었거든. 온전히 전부였거든. 지금 나는 다시 시작해. 다 내어 주었더니 몹시 가볍고 뭐든 다시 채울 수 있을 것 같다.

나는 괜찮을 거야.

당부컨데, 너는 나 없이 맛있는 것 먹지 마.

좋은 데도 놀러가지 말고 신나고 기뻐 웃지도 말아.

나 없이 아무것도 좋지 말아. 나 없이 어디 좋은가 봐라.

몰랐지? 내가 이렇게 모질었어.

기억해 주시다니요…

정확히 8년만이 었습니다
서울에 올라와 자취할 시절 매일 갔던
편의점에 들렀습니다.
그땐 어찌 그리 지갑이 얇았을 까요
언젠가 생일에 너무 미역국이 먹고
싶어서 즉석 미역국 하나를 샀어요
할아버지 사장님이 생일이세요? 하시더니
삼각김밥하나를 챙겨주셨댔죠. 그게
그렇게 기억이 나요. 암튼, 그게 8년 전인데
아직도, 오늘도 계시더군요. 모른척
빠나나 우유를 하나 집어 계산대로 갔습니다
"삑" 바코드를 찍고는 스윽- 말씀하십니다

"오랜만에 오셨네요, 잘지내셨어요 :-)"
오아아... 무려 8년 만이었는데 말이죠...

방구 같은 말

꼭 해야하는 일일까?
맞지 않는 옷을
입은 느낌이야...

입다보면 늘어나요. 빨면 줄어요. 원래 크게 입어요. 그렇게 맞춰져요 :-)

우리에게 주어진 어떤 일들은 과연 내게 어울리는 일인지,
혹은 내가 하는 게 맞는지 의심스러울 때가 있다.
그런 일 앞에서 시작도 해 보기 전에 머뭇거리고 있었다.

'이 일을 내가 하는 게 맞나… 아닌 거 같은데…'

눈앞에 놓인 페이퍼를 멀뚱멀뚱 쳐다만 보며 중얼거리는데
얼마 전 들렀던 옷가게 점원분의 말이 떠올랐다.
입어 본 몇 가지의 옷들이 사이즈가 맞지 않을 때마다 점원분은 옆에서

"원래 크게 입는 옷이에요."
"그 옷은 타이트하게 입는 게 트랜드예요."
"빨면 딱 맞게 줄어요."
"입다 보면 늘어나요."

하… 이게 말이야 방구야. 그런 말은 나도 하겠다… 싶었는데
생각해 보니 살다 보며 마주하는 많은 '생소한' 일들이 그러하다.
일단 하기로 작정을 하면 어떻게든 되더라는 말이다.

정답을 모르면 해답을 찾아 빙 돌아가면 되고
정공법이 떠오르지 않으면 나만의 해법으로 해결을 하면 되는 것.

말인가 방구인가 했던 말이
방구가 아니라 말이었음을 깨닫는 순간이다.

기회는 순환선

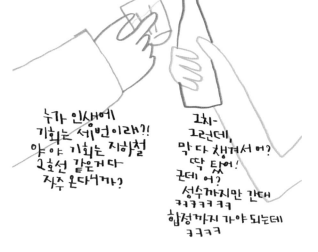

누가 인생에
기회는 세번이래?!
야 야 기회는 지하철
2호선 같은거다
자주 온다니까?

그치-
그런데,
막 다 챙겨서 어?
딱 탔어!
근데 어?
성수까지만 간대
ㅋㅋㅋㅋㅋㅋ
합정까지 가야 되는데
ㅋㅋㅋㅋ

소주잔을 들어 입안에 한 잔 털어넣으려는데
"내가 너 생각해서 하는 말인데, 너 빨리 이것 저것 좀 해봐. 시간 아깝지 않냐? 재주 아깝지 않아?
나 같으면… 으이그 됐다. 뭐 잘 알아서 하겠지 네가. 마셔라 쭉."

한때 꽤나 떠들썩했던 축구 선수의 말,
"답답하면 니들이 뛰던지"가 툭 튀어나올 뻔했다.

기회는 참 많이도 있었다. 솔깃한 제안도 많았다.
그치만 난 조급하지 않다. 조금 더 속에서 익히는 중이다.
뜨거운 물 붓고 3분 정도 있다 먹을 수 있는 그런 것 말고
손 많이 가는 음식 있지? 썰어서 차례로 익히고 볶고
양념해서 재어 놨다 쪄 먹는 그런. 나는 그런 '뭔가' 내어 놓고 싶다.
내가 갖고 싶은 '뭔가'가 아니면 아무것도 꺼내놓고 싶지 않다.

나는 나를, 너는 너를 기다릴 줄 알아야 한다.
나는 나를 기다리는 중이다.

감정 냉장고

한여름 창가에 둔 요거트마냥
감정은 쉬이 상한다
그냥 두면 아주 해로운균도 자란다
그래서 말인데, 잠깐만 넣어 두자
상하지 않게. 차갑게.
싸우지 말자.
어쩌다 싸우게되면.
그대로 두지 말자

"넌 너무 감정적이야!"

그래서? 감정적인 게 잘못된 것일까?
나는 그 감정적이라는 말을 감정에 지극히 충실하다, 라고 이해하고 있는데?

다소 마음이 안 좋을 땐 안 좋은 티를 내고, 그러다 웃음이 지어지는 순간엔 또 환하게 웃는 것을 어찌 탓을 한단 말인가.
화를 낼 수도 있다. 그치만 그보다 더 사랑할 줄도 알아야 한다. 거세게 바위 키를 훌쩍 넘는 파도가 있고 잔잔히 넘실대는 물결이 있어 그곳이 바다인 것이고 그것이 바다가 좋은 이유이다. 난 그런 이가 되고 싶다.
아주 감정적인 사람.

감추지 말고 드러내어 너랑 나 사이를 쉬지 않게 오가게 할 것.
나의 감정과 타인의 감정이 다른 것을 탓하지 말 것.
언짢은 표를 내는 것도 좋지만, 후엔 그보다 훨씬 더 사랑하는 표를 낼 것.

가만히 방치해 둔 감정은 이내 쉬이 상하기 마련이다.
마음 상했다는 표현이 달리 생겼을까?

아침부터 사랑한다

어슴푸레 해돋때
피곤해서, 누웠다.
눈을 감는데, 뒷집새가
쉬지않고 지저귄다
잠을 잘수가 없다,
그 소리가 좋아서 :-)
서울에서 새 지저귀는 소리듣네
눕지않으니까 은- 좋다

어슴푸레 해가 밝아 온다.

조금 전 퇴근해서 소파에 누웠다.

안방엔 현주가 잠들어 있어

혹시나 옷 벗는 소리에도 잠이 깰까

나는 여전히 곧 출근할 사람의 복장이다.

소파의 가죽이 눌리는 소리가 나지 않도록

몸에 힘을 준 채로 살짝 몸을 움직여

손을 머리 뒤로 하고 위를 보는 자세로 고쳐 누웠다.

눈을 감는데 뒤집 새가 쉬지 않고 지저귄다.

도통 잠을 이룰 수가 없다.

작고 소란스러운 그 지저귐이 너무 듣기 좋다.

얼마만인지 모르겠다.

서울에서 새가 지저귀는 소리를 들어본 것이

잠을 이룰 수 없는 아침이라니.

새소리를 들으며 좀 더 아침 해를 즐기기로 한다.

현주가 일어나면 아침 인사를 해야지. 각자의 스케줄이 엇갈리는 탓에

한동안은 서로의 잠든 모습만 본 지가 오래인 것이다.

이대로 잠이 들어버리면 잠에서 깬 현주는 까치발로 걸어다니며 출근

준비를 할 테니.

내가 깰까 봐 드라이도 못 한 채 집을 나설 테니.

푹 자고 일어나렴. 아침에 커피 한잔하고 배웅해 줄게.

퇴근이 적성에 맞습니다

오늘도 나 하나 먹여 살리기 힘든 어른이들에게

초판 1쇄 인쇄 2019년 6월 24일
초판 1쇄 발행 2019년 7월 5일

지은이 김재호
펴낸이 연준혁

출판 2본부 이사 이진영
출판 3분사 분사장 오유미
책임편집 이지예
디자인 송윤형

펴낸곳 ㈜위즈덤하우스 미디어그룹 출판등록 2000년 5월 23일 제13-1071호
주소 경기도 고양시 일산동구 정발산로 43-20 센트럴프라자 6층
전화 031-936-4000 팩스 031-936-3891 홈페이지 www.wisdomhouse.co.kr

ⓒ 김재호, 2019

값 13,800원
ISBN 979-11-90182-25-6 03810

이 도서의 국립중앙도서관 출판예정도서목록(CIP)은 서지정보유통지원시스템 홈페이지
(http://seoji.nl.go.kr)와 국가자료공동목록시스템(http://www.nl.go.kr/kolisnet)에
서 이용하실 수 있습니다. (CIP제어번호: CIP2019022677)